D0604754

Coordinación de la colección: Daniel Goldin
Diseño: Arroyo+Cerda
Dirección artística: Rebeca Cerda
Diseño de portada: Joaquín Sierra

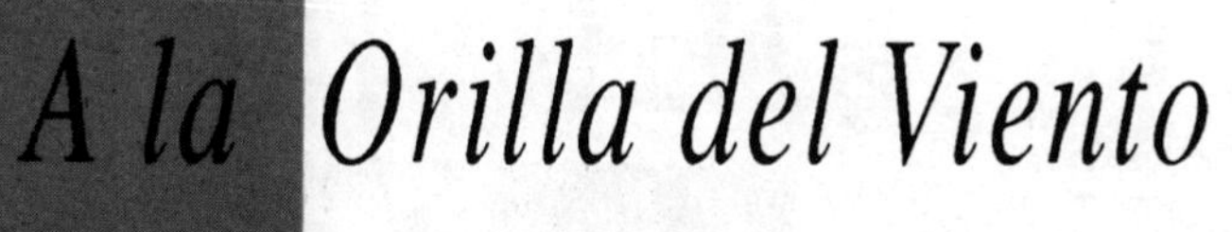

A la Orilla del Viento

Martin, Ann M.
Ma y Pa Drácula / Ann M. Martin ; ilus. de Antonio Helguera ; trad. de Mónica Mansour. – 2ª ed. – México : FCE, 1994
120 p. : ilus. ; 19 x 15 cm – (Colec. A la orilla del viento)
Título original Ma and Pa Dracula
ISBN 968-16-4543-X

1. Literatura infantil I. Helguera, Antonio il. II. Mansour, Mónica tr. III. Ser IV. t

LC PZ7 M3567585 Map 1994 Dewey 808.068 M334m

Este libro es para
Wendy Kerby
Verónica Jacson
y
Jolynn Crutcher

Primera edición en inglés: 1989
Primera edición en español: 1991
Segunda edición: 1994
Octava reimpresión: 2003

Título original:
Ma and Pa Dracula

Publicado por Holiday House, Nueva York
ISBN 0-8234-0781-0

Av. Picacho Ajusco 227; México, 14200, D.F.
www.fondodeculturaeconomica.com
Comentarios y sugerencias: alaorilla@fce.com.mx

ISBN 968-16-4543-X (segunda edición)
ISBN 968-16-3667-8 (primera edición)

Impreso en México • Printed in Mexico

FONDO DE CULTURA ECONÓMICA
MÉXICO

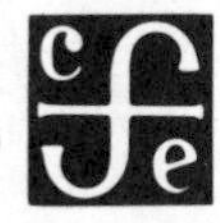

La mudanza

❖ LA VIEJA carcacha corría a través de la noche. Jonathan Primavo miraba la oscuridad.

—Duérmete, Jonathan —dijo el señor Saginaw, tutor de Jonathan.

Pero Jonathan no podía. Nadie más dormía. Además, sólo viajaba en coche una o dos veces al año: cuando su familia se mudaba. Jonathan no quería perderse de nada.

En el asiento delantero, la señora Primavo empezó a gritar. —¡Vlad! ¡Cuidado! ¡Cuidado, Vlad! ¡Cuidado, cuidado, cuidado!

El señor Primavo hundió el freno.

¡IIIIIIICH! El coche derrapó y se detuvo.

El señor Primavo miró a su mujer. —¿Qué fue? ¿Qué viste?

—Vi, hmm... vi...

—Querida, si vas a pegar el grito cada diez minutos, tal vez sea mejor que *tú* manejes —dijo el padre de Jonathan.

—No, no, no. Así está bien. No he manejado en siglos —respondió la señora Primavo—. No quiero volver a manejar en la oscuridad, y jalando el remolque. Sólo te ayudaré.

El señor Primavo suspiró. —Pero no me ayudes demasiado —dijo.

Jonathan miró a sus padres. Apenas los veía. El coche se había detenido en un camino lateral en el campo. No había luces de calle ni de casas, sólo la luz de una luna llena y redonda.

Aunque Mamá y Papá eran marido y mujer —sin ningún parentesco, desde luego—, se parecían muchísimo. Ambos tenían cabello negro, aunque el de Papá era corto y el de Mamá tan largo que lo enrollaba varias veces alrededor de su cabeza. Sus dientes eran blancos y derechos, con dos largos y puntiagudos arriba, a los lados. Sus uñas parecían garras y sus orejas eran puntiagudas. Algo interesante que Jonathan había notado era que él y el señor Saginaw no tenían colmillos ni garras. Supuso que los padres los tenían y que los niños y los tutores no. Mamá y Papá eran muy, muy delgados y su piel era fría como el hielo. (Jonathan y el señor Saginaw estaban bien redondeados, con piel agradable y cálida.)

Otra cosa interesante que notara Jonathan era que al atardecer, cuando sus padres despertaban, sus ojos oscuros no tenían vida —no brillaban— y que su piel era de un blanco mortecino. Pero en la mañana, cuando regresaban de trabajar y se preparaban para irse a dormir, sus ojos brillaban y su piel estaba sonrojada.

Bueno, pensó Jonathan. Alguna gente nunca se veía bien al despertar en la tarde.

A veces Jonathan se preguntaba qué edad tendrían Mamá y Papá. Les había preguntado un montón de veces, pero nunca había recibido una respuesta directa. Una vez Mamá dijo "Soy tan vieja como los cerros". Una vez Papá dijo "Tengo la edad suficiente". Una vez Mamá dijo "Soy mayor que tú". Y una vez Papá dijo "Tengo doscientos doce años".

Jonathan se sobresaltó cuando su Papá arrancó bruscamente el carro. El motor se estremeció y traqueteó y tosió y escupió. Jonathan pensó que así sonaban todos los coches al arrancar. Eso era porque no había visto nunca algún otro coche.

Una vez había leído en un libro acerca de un coche elegante y con sonido suavecito, pero eso no cuenta. Un autor podía escribir cualquier cosa en un libro.

Los padres de Jonathan le habían aleccionado al respecto un montón de veces. ¿Cuántas veces no le habían dicho Mamá y Papá "No creas todo lo que lees"?

Lo decían cada vez que Jonathan preguntaba algo como "Mamá, ¿por qué sucede que en todos estos libros la gente está despierta durante el *día* —cuando hay luz afuera— y duerme durante la *noche*, cuando afuera está oscuro? Así vive esta gente, Mamá. ¿De veras hay gente así?"

Y la señora Primavo había dicho "No creas todo lo que lees, Jonathan".

Ésa también había sido la respuesta de los Primavo cuando Jonathan había dicho: "El niño de este libro va a un lugar que se llama escuela", y cuando había dicho: "La niña de este libro tiene un perro en su casa", y otra vez cuando dijo: "Estos niños salen de su casa y juegan afuera".

Pero la noche en que Jonathan dijo: "Leí sobre un niño que mira algo que se llama televisión", Mamá y Papá se pusieron en guardia.

—¿De dónde sacaste ese libro? —preguntó Mamá—. Ya sabes que la televisión es una fantasía, ¿no?

—¿Cuánto sabes de la televisión? —preguntó Papá—. ¿También menciona el radio?

En ese momento, Mamá le había dado un codazo a Papá en las costillas y los Primavo habían llamado al señor Saginaw.

—Jonathan leyó sobre la televisión —dijeron con tono acusador.

Pobre del señor Saginaw, pensó Jonathan mientras el coche rechinaba por el camino. Le había compadecido en aquella ocasión.

—No fue mi *intención* leer sobre eso —se disculpó Jonathan—, pero estaba ahí. Estaba en ese libro sobre la fábrica de chocolates.

Refunfuñando, el señor Saginaw se había ajustado los anteojos de arillo de metal. Nerviosamente, se había enderezado la corbata y alisado el cabello hacia atrás—. Ése debe haber sido *Charlie y la fábrica de chocolates*, del señor Roald Dahl —había dicho, y refunfuñó otra vez.

El señor Saginaw era la persona más propia y formal que Jonathan hubiera conocido. (Aunque era la *única* persona que Jonathan conocía, aparte de Mamá y Papá.) El señor Saginaw quería mucho a Jonathan, pero tenía dificultades para expresar sus sentimientos. Así que en general sólo refunfuñaba. Refunfuñaba cuando estaba nervioso o disgustado o contento.

El señor Saginaw había ayudado a criar a Jonathan. Preparaba todas las comidas y siempre comían solos él y Jonathan. Mamá y Papá nunca comían. Por lo menos, no en casa. Jonathan suponía que comían en el trabajo. Salían a trabajar cada anochecer, poco después de que Jonathan se despertara. En la madrugada regresaban, poco antes de que fuera hora de dormir. Mientras no estaban, el señor Saginaw le daba clases a Jonathan. Esto sucedía siete días a la semana, todo el año. Era la única vida que Jonathan había conocido.

Jonathan se reclinó mientras el coche zumbaba a través de la noche. Echó una mirada al señor Saginaw, que estaba sentado junto a él y se estaba durmiendo. El señor Saginaw había enseñado a leer a Jonathan. Era el encargado de elegirle los libros. Por eso, cuando Mamá y Papá se enteraron del libro de la fábrica de chocolates, se disgustaron con el señor Saginaw.

—¿Por qué eligió ese libro para Jonathan? —había preguntado el señor Primavo.

—Bueno, parecía tan completamente anodino —dijo el señor

Saginaw—. Es la historia de un niño, Charlie Bucket, que se gana un viaje a una fábrica de chocolates. Le he aclarado a Jonathan que los cuentos son meros inventos. Nada en ellos es verdad.

Así averiguó Jonathan que los autores podían escribir lo que se les viniera en gana. También así supo que no existían las escuelas o televisiones o videos o amigos o gente que duerme por la noche. Esas cosas eran inventos, como las brujas y los fantasmas y los vampiros.

¿O no?

En realidad, Jonathan no pensaba mucho en eso. Conocía lo que conocía. Y lo que conocía era su vida.

Cada anochecer, Jonathan despertaba cuando sonaba su reloj despertador. (Papá siempre ponía el despertador de Jonathan antes de que los Primavo se acostaran en la mañana.) El reloj sonaba justo cuando empezaba a oscurecer. Jonathan nunca había visto la luz brillante del sol. Nunca había salido de su casa, salvo para mudarse.

Por lo poco que alcanzaba a ver Jonathan desde la ventana de su cuarto al atardecer, había deducido que él y el señor Saginaw y sus padres siempre vivían en un remoto lugar en el campo, por lo general en una granja vieja y aislada.

Y donde fuera que vivieran, su rutina era la misma. Después de que sonaba el despertador, Jonathan se vestía y bajaba a desayunar. En el camino, pasaba por la recámara de Mamá y Papá. La puerta estaba abierta, la cama bien tendida. Por más rápido que Jonathan se vistiera, sus padres siempre bajaban antes que él. Y siempre decían que no iban a desayunar, o que saldrían a desayunar. Así que Jonathan y el señor Saginaw comían juntos. Luego el señor Saginaw le daba clases a Jonathan.

La vida de Jonathan había sido así durante nueve años y tres meses. Tal vez parecía raro, pero no se molestaba en pensar mucho en ello. Así era su vida.

Luego, un atardecer —el atardecer anterior al viaje en coche—, Jonathan bajó corriendo y encontró a Mamá y Papá y el señor Saginaw sentados a la mesa. Mamá y Papá se veían más delgados y más pálidos que de costumbre. Y el señor Saginaw ni siquiera había empezado a preparar el desayuno.

Algo anda mal, pensó Jonathan. Pero todo lo que dijo fue: "Buenas noches".

—Buenas noches —contestaron Mamá y Papá y el señor Saginaw.

Luego Mamá dijo: —Jonathan, te tenemos una noticia.

Jonathan se hundió en la silla.

—Es hora de mudarnos otra vez —prosiguió Mamá.

—¿De veras? —contestó Jonathan. A él le había llegado a gustar la casa en que vivían.

—Sí —dijo Mamá—, nos mudaremos mañana por la noche. Y ahora Papá y yo debemos irnos. Tendremos mucho trabajo hoy en la noche.

Jonathan ni siquiera preguntó, como a veces lo hacía, "¿Dónde trabajan?"

Siempre contestaban con la misma vaga respuesta: "En el banco de sangre".

—Así que empaca tus cosas esta noche —le dijo Papá a Jonathan—. Mañana por la noche nos mudamos.

Y ahora se estaban mudando, zumbando a través de los campos.

Junto a Jonathan, el señor Saginaw roncaba suavemente. Dormía con la boca abierta.

Papá manejaba de prisa.

Mamá iba inclinada, mirando por el parabrisas y de vez en cuando por el retrovisor.

Jonathan soñaba despierto con el viaje de Charlie Bucket por la fábrica de chocolates.

De pronto, la señora Primavo se irguió. Miró otra vez al espejo. Luego volteó y miró por la ventana trasera del coche, tratando de ver por el costado del pequeño remolque que estaba atado al coche. —¡Vlad! ¡Vlad! —gritó—. ¡Baja la velocidad! ¡Debes bajar la velocidad!

—¿Y ahora qué sucede, querida? —preguntó Papá—. ¿Un mosquito?

—¡No, la policía!

Fue entonces que Jonathan oyó las sirenas.

—¿A qué velocidad vas? —preguntó Mamá.

Papá miró el velocímetro. —A ciento cuarenta y cinco kilómetros por hora —dijo con orgullo.

Jonathan se sorprendió. Nunca pensó que el viejo coche pudiera alcanzar *esa* velocidad.

—*Bájale* —repitió Mamá, pero ya era demasiado tarde. Jonathan miró por la ventana y vio que un coche de policía se les acercaba.

La sirena era ensordecedora.
—¿Qué...? —dijo el señor Saginaw, despertando.
—¡Van a arrestar a Papá! —exclamó Jonathan.
El coche de los Primavo se detuvo. Papá lo acercó al costado de la carretera. El policía se estacionó frente a él. Luego salió de su coche y caminó lentamente hacia los Primavo.
Papá bajó el vidrio de su ventanilla. —Buenas noches, señor —dijo con cortesía.
—Noches —respondió el oficial, descansando los brazos en la ventanilla de Papá e inclinándose hacia adentro, amistosamente.
—¿Tiene idea de a qué velocidad iba? —le preguntó a Papá.
—A ciento cuarenta y cinco kilómetros por hora, señor.
—¿Por qué tan de prisa?
—¿Cómo dice?
—*¿Por qué* iba a ciento cuarenta y cinco?
—Tengo prisa. Debemos llegar a nuestra nueva casa en la madrugada.
—*Antes* de la madrugada —intervino Mamá.
El oficial se rascó la cabeza. —¿Sabe usted cuál es el límite de velocidad por aquí? —preguntó.
Papá se veía aliviado. —Pues, no, señor. No sé. Pensé que sería ciento cuarenta, ya que *estamos* en el campo y *es* de noche. Así que me disculpo por esos cinco-kilómetros-por-hora-extras.
—¡¿Usted pensó que la velocidad máxima era ciento cuarenta?! —exclamó el oficial—. Escúcheme bien, señor... señor...
—Priinavo. Vladimir Primavo.

—Señor Primavo, no hay ningún lugar en Estados Unidos donde la velocidad máxima sea de ciento cuarenta kilómetros por hora. Además, el límite de velocidad no depende de la hora del día.

—Perdóneme —dijo Papá—, no vimos ninguna indicación.

—Cuando no ve usted ninguna indicación y está en estas carreteras del condado la velocidad máxima es de noventa kilómetros. ¿Me entendió? Ahora, por favor, enséñeme su licencia y tarjeta de circulación.

Jonathan miró al señor Saginaw. ¿Licencia? ¿Tarjeta de circulación? ¿Qué eran? ¿Las tendría Papá?

Pero el señor Saginaw no miró a Jonathan. Estaba tenso, mirando a Papá y al oficial de policía. De vez en cuando le daba un vistazo al remolque que estaba atrás.

Papá buscó la cartera en su bolsillo. Sacó de allí unos papeles y se los dio al oficial.

—Mm-hmm, mm-hmm —hizo el oficial mientras los miraba. Luego se los devolvió a Papá—. Bueno, todo parece estar en orden. Salvo que hay una errata en su licencia. Dice que usted nació en 1444. Eso significaría que tiene usted unos quinientos o seiscientos años. Alguien debe haber apretado la tecla del cuatro en lugar del nueve cuando hicieron su licencia. —El oficial se rió, pero Papá sólo sonrió nervioso—. Bueno, voy a tener que levantarle una infracción —prosiguió el policía—. Enseguida regreso.

El oficial dejó a los Primavo y volvió a su coche. Se sentó tras el volante con la puerta abierta y la luz prendida. Estaba escribiendo algo. Se tardó eternidades.

—Sólo quedan tres horas para que amanezca —susurró Mamá.

—Ya lo sé —contestó Papá—. No te preocupes. Tenemos tiempo. Llegaremos a la casa antes de que salga el sol.

Después de un largo rato, regresó el oficial. Cuando ya le había dado a Papá la boleta, dijo: —¿Qué hay en el remolque?

Mamá y Papá brincaron.

—Nada —dijo Mamá.

—Nuestras pertenencias —dijo Papá.

—Ah, sí, sólo nuestras pertenencias —se corrigió Mamá—. Eso es lo que quería decir.

—¿Le importa si miro? —preguntó el oficial.

Mamá y Papá y el señor Saginaw quedaron tiesos.

¿Qué pasa?, se preguntó Jonathan.

En ese momento, le llegó una llamada al oficial por el radio de su coche. Debe haber sido importante, porque olvidó el remolque. Más bien gritó: —Pague su multa, señor Primavo. Que le corrijan su licencia y ¡no rebase los noventa kilómetros por hora! —Se metió a su coche y arrancó con un rugido.

—¿Por qué la policía puede pasar el límite de velocidad? —preguntó Jonathan.

Pero nadie le contestó. Estaban demasiado ocupados suspirando de alivio.

—Llegaremos justo a tiempo —dijo Papá mientras volvía a arrancar—. A noventa kilómetros por hora, llegaremos justo antes del amanecer. Señor Saginaw, tal vez usted pueda ayudarnos con el remolque cuando lleguemos.

—Desde luego —contestó el señor Saginaw.

Jonathan se adormeció y luego durmió profundamente mientras el coche se adentraba en la noche. ❖

Tobi

❖ JONATHAN Primavo no podía dormir en su casa nueva. Se revolvía en la cama. Volteó su almohada. Pateó sus cobijas y miró el reloj. La una y cuarto de la tarde. Jonathan no sabía por qué no se sentía cansado. La mudanza de la noche anterior —empacar y desempacar y el viaje durante la noche— había sido larga y bastante agotadora.

—Esto es ridículo —dijo Jonathan en voz alta—. Por lo menos podría leer. O... tal vez podría mirar por la ventana.

Ya le habían dicho a Jonathan muchas veces, tanto Mamá y Papá como el señor Saginaw, que no mirara por la ventana en medio del día. Pero no podía evitarlo. Estaba aburrido. Y estaba harto de reglas que no entendía.

Jonathan se levantó de la cama. Recorrió las cortinas y alzó las persianas. La brillante luz del sol casi lo cegó.

Se quedó sin aliento.

Afuera de su ventana había un prado color café verdoso y varios árboles grandes. (Olmos: Jonathan lo sabía por un libro aburrido sobre árboles que un día le había dado el señor Saginaw.) Más allá de los árboles había campos que, hasta donde podía ver Jonathan, llegaban al horizonte.

¿Qué crecería en esos campos?, se preguntaba.

También en el horizonte había dos pequeñas construcciones blancas, una a la izquierda y una a la derecha. ¿Casas?

En ese momento, Jonathan se decidió. Saldría, aunque fuera contra las reglas. Se vistió y salió en puntillas de su habitación. Pasó la puerta del cuarto de sus padres, que estaba cerrada, bajó con cuidado las escaleras, y dio vuelta a la izquierda en otro pasillo.

Muy lenta y silenciosamente, Jonathan abrió la puerta principal de su nueva casa y salió. Parpadeó y apretó los ojos. La luz del sol parecía mucho más brillante cuando estaba parado en medio de ella que cuando sólo la miraba desde su ventana.

"¡Ahhh!", dijo Jonathan al aspirar los olores del verano: pasto y hojas medio secas y marchitas, aire con aroma de flores, tierra seca.

Bajó los tres escalones de ladrillo hasta el camino empedrado. No recordaba haber visto desde afuera ninguna de las casas donde había vivido, así que retrocedió para mirar bien ésta.

Tenía tres pisos y hasta arriba un mirador, y una cúpula del lado izquierdo que hacía que la casa pareciera torcida. Muchos de los postigos blancos estaban chuecos. La hiedra trepaba por los muros de ladrillo, pero sólo por partes, dejando huecos por aquí y por allá.

Jonathan se preguntó durante cuánto tiempo la casa habría estado vacía antes de que él y sus padres y el señor Saginaw se hubiesen mudado. No sabía quién pintaría los deteriorados postigos o repararía el barandal roto del mirador y repondría los ladrillos que faltaban en los escalones.

Jonathan decidió ir a ver el patio. Regresó al camino empedrado, caminó por él, y llegó a la esquina de la casa.

—¡Ah! —gritó.

—¡Ah! —gritó otra voz.

El corazón le latía con fuerza. No conocía a esta persona con quien se acababa de encontrar, y no quería despertar a sus padres o al señor Saginaw. De modo que tomó al niño por el brazo y le aplastó la mano sobre la boca. —¡SHHH! —susurró.

—Mmff, mmff. —El niño forcejeó hasta zafarse de Jonathan.

—¡SHHH! —susurró Jonathan otra vez, sólo para asegurarse.

El niño dio un paso hacia atrás y se enfrentó a Jonathan enojado, pero no hizo ningún ruido.

—¿Quién eres? —murmuró Jonathan.

—Yo soy Tobi Maxwell —contestó el niño cautelosamente—. Y tú, ¿quién eres? ¿Y por qué hablas en voz baja?

—Yo soy Jonathan Primavo. Vivo aquí. Y estoy hablando así porque no quiero despertar a mis padres ni al señor Saginaw. No debería estar aquí afuera. Estoy rompiendo las reglas.

Tobi frunció el ceño. —Hablas muy raro —dijo. Luego añadió—: Vamos al kiosco. Allí no tendremos que susurrar —y señaló del otro lado del jardín una estructura cuadrada y abierta.

Tobi empezó a caminar hacia allá y Jonathan lo siguió.

Cuando llegaron al kiosco, subieron unos pocos escalones y se sentaron en un barandal que rodeaba la construcción. Desde ahí, Jonathan podía ver la parte de atrás de su casa y, en otras direcciones, kilómetros y kilómetros de campos.

—Por cierto —dijo Tobi—, por si no te has dado cuenta, soy niña.

Jonathan se sorprendió. —¿De veras? —Tobi traía pantalones de mezclilla y una camiseta, y su cabello castaño era muy corto—. Yo pensaba que las niñas usaban vestidos y tenían cabello largo —dijo Jonathan.

—¿Vestidos? ¿En serio? —respondió Tobi—. Yo pensaba que sólo mi peinado confundía a la gente. ¿De dónde sales tú?

Jonathan no sabía que Tobi se estaba burlando de él. No tenía respuesta para su pregunta. —De... de... —No tenía idea de dónde había salido, y ni siquiera de dónde estaba en ese momento. No se le había ocurrido preguntar eso a Mamá y Papá—. Nos acabamos de mudar —le dijo a Tobi.

—Ya lo sé. Caray, quien pensaría que *alguien* se mudaría a *este* vejestorio. Se supone que está hechizado, sabes.

—Ah... No, no lo sabía —dijo Jonathan—. ¿Vives por aquí?

—Más o menos —contestó Tobi—. Cuando estás en el campo, nadie vive muy cerca. Nuestra casa está del otro lado de esos campos, hasta allá. ¿Ves?

Jonathan asintió.

—Estamos a tres kilómetros de aquí —agregó Tobi.

—¿Y por qué estás afuera a estas horas del día? —preguntó Jonathan.

—¿Qué? —Tobi miró su reloj—. Sólo es la una y media —dijo—. Acabo de comer. No tengo que regresar hasta dentro de muchas horas. En el verano, o cuando hay vacaciones de la escuela, mi mamá y mi papá dejan que mis hermanos y yo hagamos lo que queramos, siempre y cuando cumplamos con nuestras obligaciones de la casa.

—¿Escuela? —repitió Jonathan. Un pequeño escalofrío extraño trepó por su espalda. Se sentía como un niño que acababa de enterarse de que en realidad Santa Claus *no existe*.

Tobi frunció otra vez el ceño. —Sí. La escuela. Ya sabes, ese lugar con todos los escritorios y los libros y la mala comida.

Jonathan trató de ocultar su emoción. —Ah, sí, claro. La escuela. Lo que pasa es que yo nunca he ido a ninguna.

—¡Nunca has ido a la escuela! —exclamó Tobi, asombrada—. ¡Qué bárbaro! ¡Qué suerte tienes!

—Bueno, tal vez —dijo Jonathan—. Oye, dime una cosa —la mente de Jonathan trabajaba sin cesar—. ¿De veras te dejan salir durante el día?

—Claro —dijo Tobi—. ¿Qué pensabas? —Ahora parecía desconcertada—. De todas maneras, tú también estás afuera —le recordó.

—Pero créeme, esto es rarísimo. Mis padres... mis padres me protegen —trató de explicar Jonathan—. ¿Sales con frecuencia? ¿Todos los días, tal vez?

—Claro. Oye, ¿de dónde diablos sales?

Jonathan sacudió la cabeza. —¿Quieres decir que si somos de Pennsylvania o Arkansas?

—¿O Marte? —sugirió Tobi.

Jonathan no entendió el chiste. —¿Cómo dices?

—Nada. ¿Pero sabes tú de dónde vienes?

—No. ¿Dónde estamos ahora?

—Hopewell, Maryland. En dónde el viento dio vuelta.

Jonathan asintió. No sabía que el viento diera vuelta, pero lentamente, muy lentamente, se estaba dando cuenta de algo. ¡Sus padres y el señor Saginaw le habían estado mintiendo!

—Tobi —preguntó rápidamente—, ¿tienes televisión en tu casa?

—Claro que sí. Y parece que tal vez pronto tengamos cable.

—¿Y tienes algo que se llama radio? ¿Y quizás también un tocadiscos?

—Desde luego. Bueno, no un tocadiscos, un estéreo.

—¿Y tienes teléfono?

—Sí —Tobi ya estaba impaciente—. Ésta no es la antigüedad, sabes.

—Perdóname —dijo Jonathan—. Lo que pasa es que *nosotros* no tenemos nada de eso. —Y añadió—: Yo nunca pensé que en realidad existieran.

—Eres muy raro —dijo Tobi categóricamente.

—No es mi intención —respondió Jonathan—. Pero dime, ¿dónde está tu escuela? Si de veras existe una escuela, quiero saber cómo es.

—Ah —dijo Tobi—. Bueno, si quieres te llevo. Está sólo como a kilómetro y medio. ¿Quieres ir?

Jonathan miró su casa adormecida. Ir a una escuela de seguro iba contra las reglas, pero ya no le importaba. Quienes hacían las reglas eran unos mentirosos y él estaba enojado con ellos. Ésta era la primera vez que Jonathan Primavo se había sentido enojado.

—Sí —le dijo a Tobi—, sí quiero ir. En este mismo instante. ❖

La Escuela Primaria Littleton

❖ JONATHAN le hizo montones de preguntas a Tobi. Pero mientras Tobi lo guiaba a través de los campos hasta su escuela, también ella le hizo un montón de preguntas.

—¿Cómo es posible que nunca antes hubieras salido? —quiso saber.

—Bueno, sí he salido —le dijo Jonathan—, cada vez que nos mudamos. Lo que pasa es que no había salido durante el día.

—¿Nunca has mirado por la ventana? —preguntó Tobi.

—No durante el día. Nosotros dormimos todo el día. Además, va contra las reglas.

—¿Las reglas de quién?

—Las de Mamá y Papá. Y del señor Saginaw.

—¿Quién es el señor Saginaw?

—Nuestro... nuestro... No sé cómo se llamaría. Vive con nosotros, y me da clases, y me hace de comer, y me consigue libros.

—Como una institutriz —dijo Tobi—. Un hombre institutriz. ¿Será que a un hombre institutriz se le llama institutrizo?

Jonathan se rió. ¡Finalmente, un chiste que entendía!

—El señor Saginaw me enseñó a leer —dijo.

—Ah —dijo Tobi—, ¿por eso sabes de la tele y la escuela y esas cosas?

Jonathan asintió. —Pero mis padres me dijeron que esas cosas eran pura fantasía.

—Quién sabe por qué lo harían —dijo Tobi, pensativa. Luego agregó—: ¿Tú crees todo lo que ellos te dicen? ¿Obedeces todas sus reglas?

—Siempre lo he hecho... —respondió Jonathan—. Pero... bueno. ¿La mayoría de los niños van a la escuela? —preguntó.

—Todos.

—¡Dios mío! ¿Y amigos? ¿Tienes amigos? En los libros la gente siempre los tiene.

—¡Tengo un montón de amigos! Rusty y Eric y Sharrod.

—Todos niños. ¿Son tus novios?

—¡*De ninguna manera*! Los de cuarto sólo tenemos nueve años. Uno no tiene novio sino hasta que es mucho mayor.

—Ah.

—Lo que pasa es que las niñas son tontas. Nunca me meto con ellas.

—Ah —dijo Jonathan otra vez—. Por cierto, ¿por qué estabas hoy en nuestro patio? Estoy muy contento de haberte encontrado, pero ¿qué hacías?

Tobi se sonrojó. —Mis hermanos —dijo tímidamente— me retaron a que fuera a tu casa después de que ustedes se mudaron. Dijeron... Bueno, esto no es muy amable, pero como no es verdad, supongo que te lo puedo decir. Dijeron que sólo, bueno, unos monstruos se mudarían a la vieja casa de Drumthwacket. Y luego, ustedes se mudaron en plena noche, lo cual es un poco raro, así

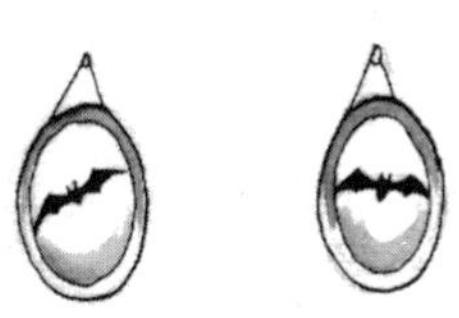

que decidí ir a explorar yo sola. Y lo hice. Y te conocí. Y tú... bueno, no eres un monstruo.

—¿Soy raro? —preguntó Jonathan.

—Un poco —reconoció Tobi—, pero me caes bien. Eres simpático. Me cae bien cualquiera que a veces rompe las reglas. Y tú estás rompiendo una muy grande ahora, ¿verdad?

—Definitivamente.

Jonathan y Tobi habían estado caminando por las orillas de los campos, por veredas muy frecuentadas. Llegaron a la esquina de un campo y se encontraron frente a una arboleda.

Tobi se internó directamente en ella y Jonathan la siguió. Cuando llegaron al otro lado, estaban en el patio de recreo de una escuela. Jonathan no tenía idea de lo que era. Sólo vio postes plateados y largas tablas rojas y una cosa roja y como redonda.

—¿Qué *es* todo esto? —preguntó Jonathan.

—Es el patio de recreo, tonto —dijo Tobi—. Columpios y subibajas y el carrusel. Ah, y allá están las barras.

Jonathan asintió. —He leído sobre estas cosas, pero nunca las había visto—. Caminó lentamente hacia los subibajas.

—¡Oye! —gritó Tobi—. ¡Perdona que te dije tonto! Es que olvidé que nunca habías visto nada de esto. ¿Quieres subirte a un subibaja?

—¿Subirme? —repitió Jonathan—. Es que yo no...

—Mira, te enseñaré cómo —dijo Tobi.

Tobi corrió hacia los subibajas, y Jonathan la siguió. Bajó uno de los extremos hasta el suelo y le dijo a Jonathan que se sentara en él. Luego se trepó en el extremo levantado.

—¡Te trepas como un mono! —dijo Jonathan.

—Gracias —dijo Tobi—, ya lo sé. También te puedo enseñar a columpiarte y a treparte a las barras.

Tobi y Jonathan jugaron durante más de una hora. —Santo Dios —dijo Jonathan cuando se detuvieron para descansar—, qué divertida es la escuela.

—Bah —dijo Tobi—, esto no es la escuela. Esto es el recreo. La verdadera escuela es matemáticas y lectura y cuadernos y maestros y sentarte frente a tu escritorio durante horas.

—¿Dónde están los escritorios? —preguntó Jonathan.

—En los salones de clase. —Tobi señaló el edificio de la escuela—. ¿Quieres ver en qué salón estaré cuando empiece la escuela?

—Claro que sí —contestó Jonathan.

—Es de cuarto año, el de la señorita Lecky —dijo Tobi mientras atravesaba el patio—. Ah, aquí está el bebedero. ¿Quieres un trago?

Jonathan estaba mudo.

Tobi hizo una mueca, y luego le enseñó cómo apretar el botón y beber del chorro de agua que salía hacia arriba.

—¡Cielos! —exclamó Jonathan.

—Oye, ¿te puedo dar un consejo? —preguntó Tobi—. No digas "Cielos" frente a los otros chavos. Ni "Dios mío" ni "Santo Dios". A los chavos no les gustan ese tipo de expresiones.

—Está bien —dijo Jonathan, preguntándose si alguna vez vería a otros chavos.

Tobi tomó agua y luego se asomó por una ventana de la escuela. —Bueno —le dijo a Jonathan—, ésta es la Escuela Primaria Littleton, y *éste* —golpeó ligeramente el vidrio— es el salón de clases de cuarto año de la señorita Lecky.

Jonathan puso sus manos en el vidrio. Se asomó hacia adentro y vio filas de escritorios y sillas y un escritorio grande.

—¿A quién le toca ese escritorio grande? —preguntó.

—A la señorita Lecky, tont... quiero decir, es el de la maestra.

Jonathan seguía mirando. —Veo una tabla de ciencias —dijo—, y muchos libros... A mí me gustan los libros. La escuela parece bastante divertida, Tobi.

—Bueeeno... me imagino que *sí* puede serlo. A veces. Nuestro grupo estuvo en un concurso de ortografía el año pasado con el grupo del señor Proctor, y ganamos y nos dieron pizza. Eso fue muy divertido. Y ver películas o videos también es divertido. —Tobi vio que Jonathan otra vez se había quedado en blanco, pero no tenía ganas de tratar de explicar lo que eran las películas y los videos—. Oye —continuó—, ¿sabes qué es la gimnasia?

—¿Asia? —dijo Jonathan.

—Ya sabes. gimnasia. Educación física.

—¡Ah! Educación física. Sí, he oído hablar de eso.

—Bueno, pues la gimnasia es divertida —dijo Tobi—. Es mi clase preferida. Puedes jugar futbol y beisbol y basquetbol y volibol.

—Me gustaría jugar esos juegos —le dijo Jonathan a Tobi. Estaba pensativo—. Oye Tobi, ¿tú y los niños...

—Chavos —lo corrigió Tobi.

—¿Tú y los chavos pasan todo el día juntos cuando están en la escuela?

—Claro. Desde antes de las ocho y media hasta casi las tres.

—¿Y la escuela siempre es durante el día? ¿Nunca en la noche?

—Correcto.

—¿Y almuerzan juntos?

—Ajá. En la cafetería.

—Sé que no todo lo de la escuela te gusta, Tobi —dijo Jonathan—, pero a *mí* me gustaría ir a la escuela. Aquí mismo. Aquí en la Escuela Primaria Littleton.

—Bueno —dijo Tobi—, ¿cuántos años tienes?

—Nueve. Los cumplí en mayo.

—Entonces estarías en cuarto año. ¡Igual que yo! Tal vez hasta podrías entrar al grupo de la señorita Lecky. Ella, Lecky, es bastante simpática, para ser maestra. Y para ser niña.

—¿La señorita Lecky es una *niña*? —preguntó Jonathan, incrédulo.

—Bueno, no, es una mujer, una adulta. Lo que quiero decir es que es simpática aunque es... mujer.

—Ah. Me *encantaría* ir a la escuela contigo, Tobi. ¿Qué hay que hacer?

—¿Para empezar a ir a la escuela?

—Sí.

—Me imagino que inscribirte. Y comprar unos lápices y un cuaderno. Pero plumas no. La señorita Lecky no permite que los de cuarto escribamos con pluma. La tinta es muy difícil de borrar si te equivocas.

—Está bien —dijo Jonathan—. Inscribirse. Cuaderno, lápices, pluma no.

—¿Quieres ver el gimnasio? —preguntó Tobi.

Jonathan miró su reloj. —Mejor no —dijo—. Debo regresar a casa. Si no duermo un poco hoy, por la noche estaré agotado. Y quiero estar despierto. *Debo* estar despierto, porque he decidido que voy a hablar con mis padres.

—¿De veras?

—Sí. Les voy a pedir a Mamá y Papá... No, les voy a *decir* a Mamá y Papá que cuando empiecen las clases, iré a la escuela. ¿Cuándo empiezan? —le preguntó a Tobi.

—En dos semanas.

—Allí estaré. Espero —agregó Jonathan.

—¡Fantástico! —exclamó Tobi—. Mejor te acompaño hasta tu casa, ¿verdad?

—Sí, por favor.

Entonces Jonathan y Tobi caminaron de regreso hasta la vieja casa de Drumthwacket.

Cuando Jonathan llegó a su casa, y estaba a punto de meterse en la cama, ya tenía una larga lista de preguntas que hacerle a Mamá y Papá y al señor Saginaw. ❖

Mamá y Papá Drácula

❖ EL VIAJE de Jonathan a la escuela había sido como una gran aventura de medianoche. Pensó que estaría exhausto, pero no pudo dormir nada. Su habitación de pronto parecía tan *luminosa*. Daba vueltas en la cama. Miraba cómo los números en su reloj digital cambiaban... y cambiaban... y cambiaban.

Por fin el reloj de Jonathan marcó diez minutos antes de que sonara su despertador. De seguro que ya se podía levantar. Tal vez sus padres ya se habían levantado, y así podría hablar con ellos durante diez minutos más, antes de que se fueran a trabajar.

Jonathan caminó de puntillas hasta el pasillo. La puerta del cuarto de sus padres estaba cerrada. Ni modo. Jonathan seguramente era el primero en levantarse. Caminó de puntillas por el pasillo y bajó las escaleras. Justo cuando llegó abajo, se abrió la puerta del sótano y por ella salieron sus padres.

—¡Jonathan! —exclamó su madre—. ¡Nos asustaste!

—Perdón —respondió—, ustedes a mí también.

Jonathan subió otra vez corriendo. Cautelosamente, abrió la puerta de la recámara de sus padres. Se asomó. La cama estaba bien tendida. ¡Nadie había dormido en ella!

Todo se está poniendo cada vez más raro, pensó Jonathan. Pero tendría que dejar para más tarde el asunto de sus padres y el sótano.

Ahora quería hablar con Mamá y Papá acerca de la escuela... y de varias otras cosas.

Jonathan bajó corriendo y entró a la cocina. El señor Saginaw apenas estaba empezando a preparar el desayuno. Mamá y Papá estaban parados junto a la puerta trasera.

—Te levantaste temprano esta noche —le dijo Papá a Jonathan.

—Ya lo sé —respondió Jonathan—. Mamá, Papá, necesito hablar con ustedes. Es muy importante. ¿Podrían desayunar con el señor Saginaw y conmigo? ¿Sólo por esta vez? Nunca comen con nosotros. Y dan la impresión de que les caería bien algo de comida.

Jonathan no entendía por qué sus padres nunca desayunaban. Siempre se veían tan delgados al anochecer. Y pálidos. Casi, sin sangre. Y sus ojos estaban tan opacos. Seguramente la avena del señor Saginaw los levantaría un poco.

—Lo siento —contestó Papá—. Mamá y yo debemos ir al banco de sangre.

—No —dijo con firmeza Jonathan—, todavía no. —Respiró profundamente—. Miren —comenzó—, hoy no pude dormir. Así que me levanté. Y fui a dar un paseo allá afuera...

—*¿Afuera*? —preguntó Mamá sin aliento. Se sentó a la mesa de la cocina. Papá hizo lo mismo. Y también Jonathan y el señor Saginaw.

—Sí —respondió Jonathan. Mamá y Papá estaban horrorizados, pero Jonathan continuó—: Conocí a una niña que se llama Tobi. Muy linda. Y ¿qué creen? *Su* familia duerme por la noche.

Y ella sale durante el día. Dice que la televisión y los teléfonos y los estéreos sí existen.

—Ah, bueno —se burló Papá—, sólo porque *ella* lo ***dice***...

—Y luego me llevó a su escuela —prosiguió Jonathan. La vi con mis propios ojos. Tobi y yo nos subimos en los columpios y en los subibajas. Miramos por las ventanas de la escuela. Vimos el salón de la señorita Lecky. Allí es donde Tobi irá cuando esté en cuarto año. Vi los escritorios chiquitos y el escritorio grande. Tobi dijo que todos los ni... quiero decir, chavos, van a la escuela. ¿Por qué yo no? ¿Y por qué me dijeron que la escuela no existe?

Jonathan miró con rabia a sus padres y al señor Saginaw. Esperaba su respuesta.

Mamá frunció el ceño. Papá miró con furia a Jonathan.

—Rompiste las reglas —le recordó con rigor.

—Ustedes me mintieron —respondió Jonathan.

El señor Saginaw refunfuñó.

Mamá y Papá miraron enojados al señor Saginaw. Todos estaban hartos de oírlo refunfuñar.

—Quiero ir a la escuela —dijo Jonathan categóricamente.

Mamá y Papá se quedaron boquiabiertos. Mamá se tentó el rollo de cabello en la cabeza. Se alisó el vestido vaporoso. Finalmente se dirigió a Papá. —Sabíamos que esto sucedería algún día —le dijo—. Pero no me imaginaba que sería tan pronto. Es tan joven.

Papá asintió. —Pues supongo que tendremos que hacernos a la idea.

—Ir a la escuela sería un gran cambio —le dijo Mamá a Jonathan. Tendrías que empezar a dormir durante la noche y levantarte por la mañana. Tú y Papá y yo casi no nos veríamos.

—¿Y por qué no duermen también por la noche? —preguntó Jonathan—. Tobi dice que eso es lo que todos hacen.

—Nosotros no somos todos —le informó Papá—. Pero te permitiremos ir a la escuela. Supongo —prosiguió con cautela— que entonces el señor Saginaw ya no sería tu tutor.

Jonathan asintió.

—Pero te podrá ayudar con lo que necesites durante el día —siguió Papá—. Te comprará un cuaderno y lo que haga falta para la escuela. Te llevará en coche a la biblioteca. Estará aquí para ayudarte, con lo que sea.

—¿Y dónde estarán ustedes? —preguntó, nervioso, Jonathan.

—Bueno, estaremos aquí, pero estaremos dormidos —dijo Papá—. Como te hemos dicho, nosotros seguiremos durmiendo durante el día y... trabajando durante la noche.

—Tal vez tengas algunas dificultades para cambiar tus horas de dormir —dijo Mamá—. Aprender a dormir cuando está oscuro e ir a la escuela cuando hay luz. Sin embargo, si empiezas a hacerlo desde ahora, estarás acostumbrado a la nueva rutina cuando comiencen las clases. Te vamos a extrañar mucho.

—Pero, ¿por qué? —preguntó Jonathan—. ¿Por qué no cambian también tú y Papá? No creo que nadie más duerma durante el día y esté despierto toda la noche. ¿Por qué ustedes tienen que hacerlo? —Jonathan hizo una pausa. Se sentía confundido y enojado—. ¿Soy adoptado? —preguntó de repente—. Soy tan distinto a ti y a Papá. No nos parecemos en nada. *Sí* soy adoptado, ¿verdad?

Mamá y Papá se miraron durante un largo rato. Sus ojos estaban muy abiertos. Finalmente Papá dijo: —Está bien, Jonathan, es hora de que sepas la verdad.

Entonces sí me adoptaron, pensó Jonathan. Ya lo sabía.

—Tu madre y yo —empezó Papá, y luego miró desamparado a Mamá—. ¡Ay, no se lo puedo decir! —exclamó—. Tú díselo.

Mamá suspiró. —Está bien —dijo—, ésta es la verdad, Jonathan. Tu padre y yo somos vampiros.

Jonathan rió. —¡Mamá! —exclamó—. Dime la verdad verdadera. Puedo hacerle frente.

—Ésa *es* la verdad —dijo lentamente el señor Saginaw—. ¿Te acuerdas de ese libro sobre… monstruos que te traje de la biblioteca la semana pasada?

—Sí —respondió Jonathan.

—Ve por él, por favor.

Mirando inquisitivamente a sus padres, Jonathan se levantó. Encontró el libro en su cuarto. Luego lo bajó a la cocina.

—Busca el capítulo siete —ordenó el señor Saginaw.

Jonathan lo hizo. —Se llama "Cómo reconocer a un vampiro" —dijo.

El señor Saginaw asintió, indicando a Jonathan que empezara a leer.

—Bueno —dijo Jonathan—, dice: "Hay varios elementos que permiten reconocer a los vampiros. Los vampiros temen al sol."

Miró nerviosamente a Mamá y Papá. Luego volvió al libro. "No tienen sombra."

Papá puso su mano bajo una lámpara. Jonathan miró la mesa. No había sombra. Tragó fuerte, pero siguió leyendo. "No se reflejan en los espejos."

—Precisamente por esta razón no tenemos espejos —dijo Mamá—. Serían un desperdicio de dinero.

—Hay espejos en los baños de esta casa —señaló Jonathan—. Si ustedes esperan que yo crea que son vampiros, van a tener que probármelo.

—Muy bien —dijo Mamá con un suspiro.

Mamá, Papá, Jonathan y el señor Saginaw fueron al baño que estaba junto a la cocina. Los cuatro se pararon frente al espejo. Jonathan sólo se vio a sí mismo y al señor Saginaw.

—¡Santo cielo! —exclamó—. ¿Entonces usted no es un vampiro? —le dijo al señor Saginaw mientras regresaban los cuatro a sus lugares en la mesa.

—No —respondió su tutor—. Alguien te explicará eso.

Después de echar una mirada cuidadosa a Mamá y Papá, Jonathan volvió al libro. Se sentía más o menos como si se hubiera tragado una roca. —"Los vampiros tienen uñas largas como garras" —leyó—, "la piel helada, y colmillos. Antes de comer, están muy delgados, su piel es blanca como de muerto, y sus ojos parecen no tener vida. Después de comer, se ven mucho más gordos..."

—Bueno, yo no diría *más gordos* —interrumpió Mamá.

—"...su piel se sonroja con la sangre, y sus ojos se ponen brillantes." —Jonathan no tuvo que confirmar ninguna de esas indicaciones. Ya las había notado todas—. "Alguna gente también cree que los vampiros son bastante feos" —leyó—, "tienen las palmas peludas, orejas puntiagudas, cejas que se unen sobre la nariz, y muy mal aliento."

—Gracias a Dios que no somos de *esa* variedad —dijo Mamá con un escalofrío, mirando sus manos suaves—. Me *moriría* si fuese así.

Mamá se rió de su propio chiste. También Papá y el señor Saginaw.

Pero Jonathan no podía. —Está bien —dijo a Mamá y Papá—, si ustedes son vampiros, entonces ¿yo qué soy? ¿De dónde vengo? ¿Y qué es el señor Saginaw?

—Tú, mi querido niño —respondió Mamá con cariño—, eres nuestro hijo. Fuiste adoptado.

—Ya me lo imaginaba —murmuró Jonathan.

—Teníamos muchas ganas de tener un hijo —prosiguió Mamá—, pero tenemos siglos de edad. Nuestra única esperanza era adoptar un niño. Y eso hicimos.

—Qué suerte la mía —dijo Jonathan.

—Y el señor Saginaw es nuestro, eeh, ayudante —intervino Papá—. Como tú, él es mortal. Está vivo y es humano. Y hace por nosotros todo lo que debe hacerse durante la luz del día, durmiendo sólo cuando puede. Ése es su trabajo. Y también ocuparse de ti.

Jonathan sacudió la cabeza. —No lo puedo creer. Simplemente no lo puedo creer.

—Piensa en nuestros nombres —dijo Papá—. Ellos cuentan parte de la historia. Por ejemplo, nuestro apellido es un anagrama. Si cambias de orden las letras en "Primavo", te da "vampiro". Y mi nombre —prosiguió Papá con orgullo— es Vladimir. Elegí mi nombre en honor de Vlad *el Empalizador*, un terrible gobernante rumano del siglo XV. *Su* padre era Vlad *el Diablo*. "Diablo" puede traducirse por la palabra "Dracul".

—Yo —dijo Mamá— me llamo Elizabeth, en honor de Elizabeth Bathory, una vampiresa que vivió hace mucho tiempo.

—Supongo que yo también llevo el nombre de algún horrible vampiro —dijo Jonathan, asqueado.

—Claro que no —exclamó Mamá—. Tu nombre le hace honor a Jonathan Harker.

—¡Ah! ¡Lo conozco! ¡Fue el héroe de *Drácula*! —gritó Jonathan—. Él era el buen..., quiero decir, era humano.

Mamá y Papá asintieron, y el señor Saginaw, aunque refunfuñó, se veía complacido.

—Pero —dijo Jonathan, frunciendo de pronto el entrecejo—, ¿cómo se hicieron vampiros ustedes? No nacieron así... ¿o sí?

—No —dijo Papá—. Nos mordieron —por nuestra sangre— otros vampiros. Cuando nos dimos cuenta de que no podíamos cambiar lo que nos había sucedido, decidimos aceptarnos como vampiros, y seguir juntos. Ya estábamos casados. Adoptamos nuestros nuevos nombres y, bueno, nos adaptamos a huir del sol y a vivir de la sangre.

Jonathan se estremeció. —¿Dónde consiguen la sangre? —no pudo dejar de preguntar.

—Por lo general, en los bancos de sangre —respondió Mamá—. Cuando salimos de la casa nos convertimos en murciélagos...

—¿En murciélagos? —exclamó Jonathan—. ¿Se convierten en *murciélagos*? Me niego a creer que mis padres se convierten en murciélagos todas las noches.

—Jonathan —dijo Mamá suavemente—, todos los vampiros lo hacen. Si te disgusta, lo siento. Pero eso hacemos. Entonces volamos hasta el banco de sangre local, encontramos alguna pequeña abertura por la que nos podemos meter, volvemos a tomar nuestra forma de vampiros, y comemos muy sabroso —suspiró, bastante satisfecha.

—¿Eso quiere decir que no *trabajan* en el banco de sangre? —preguntó Jonathan.

—No —contestó Mamá—, no necesitamos trabajar. Tenemos mucho dinero. Dinero viejo.

Jonathan asintió. —¿No se da cuenta la gente de que han estado en sus bancos de sangre? —preguntó—. ¿No se dan cuenta de que está bajando la provisión?

—Sí —dijo Papá con tristeza—, sí se dan cuenta. Bueno, no saben que vampiros han entrado volando, pero sí ven que la provisión disminuye. Y empiezan a sospechar. Por eso nos mudamos con tanta frecuencia.

BANCO
DE
SANGRE

—¿Qué pasa si no pueden entrar al banco de sangre, o si allí no hay suficiente sangre?

Papá se aclaró la garganta. —Tenemos que tomar... otras medidas —respondió vagamente—. Y si la provisión está desesperadamente baja, entonces nos tenemos que mudar.

—¿Han matado a humanos? —exclamó Jonathan casi sin aliento. Tendría que acordarse de nunca dejar que Tobi se volviera a acercar a su casa. Por lo menos durante la noche.

Pero Mamá contestó: —¡Claro que no! Somos demasiado civilizados para hacer eso.

Jonathan esperaba que fuera cierto. Pero se preguntaba qué harían Mamá y Papá si tenían *mucha* hambre, o si estaban cansados y sin ganas de ir al banco de sangre.

Trató de entender todo. Su vida estaba cobrando sentido. Ahora comprendía por qué su familia se mudaba con tanta frecuencia, por qué siempre vivían lejos en el campo, a dónde iban sus padres por la noche, y por qué se veían tan horribles cada anochecer antes de salir para el banco de sangre.

—Supongo —dijo—, que no duermen en la recámara. Han de dormir en el sótano. Los vampiros hacen eso.

—Es cierto —dijo Mamá—. Nuestros ataúdes están allí. El señor Saginaw abría y cerraba la puerta de nuestra recámara para que tú pensaras que allí dormíamos.

—¿Puedo ver los ataúdes? —preguntó Jonathan.

—Supongo que sí —contestó Papá. Miró a Mamá. Mamá alzó los hombros.

El señor y la señora Primavo se dirigieron al sótano. Mamá encendió la luz, y ella y Papá bajaron las escaleras. Jonathan y el señor Saginaw los siguieron hasta el rincón más oscuro y, allí, uno al lado del otro, había dos ataúdes, uno blanco y el otro café. Jonathan no los había visto nunca antes. Mamá y Papá y el señor Saginaw debían haberlos escondido muy bien durante las mudanzas.

—El blanco es mío —dijo Mamá.

—Debemos tenerlos con nosotros en todo momento —agregó Papá.

—¿Estaban en el remolque cuando nos mudamos? —quiso saber Jonathan.

—Sí —dijo el señor Saginaw—, estaban muy bien cubiertos.

—Qué suerte que ese policía no buscara en el remolque —dijo Jonathan.

—Ay, sí. —El señor Saginaw se llevó las manos a las sienes como si tuviera un dolor de cabeza terrible—. Eso habría sido una tragedia. Imagínate todas las explicaciones que hubiéramos tenido que dar.

—Y probablemente en la oficina del alguacil o en una delegación de policía —asintió Mamá, especialmente pálida.

—¿Puedo ver dentro de los ataúdes? —preguntó Jonathan.

—Bueno, está bien —dijo Papá—, pero no... no te acerques demasiado al principio.

Papá abrió las tapas de los ataúdes.

Jonathan se acerco un poco. ¿Le saltaría algo desde allí?

Se acercó más y más caminando de puntillas y...

—¡Cielos! —exclamó Jonathan, Retrocedió—. ¿Qué diablos es ese olor?

—Tierra —contestó Mamá.

Los ataúdes estaban llenos de tierra.

—Es de nuestro país —añadió Papá—. Es algo que debemos tener.

Mamá asintió con la cabeza. —Perdón por el olor, pero es que la tierra ya está un poco vieja.

Jonathan hizo una mueca. —¿Allí *duermen*? ¿Cómo lo soportan?

—En realidad, nos gusta —respondió Papá—. A ti también te gustaría, si fueras un vampiro. Pero sabemos que huele mal porque el señor Saginaw prefiere no acercarse demasiado.

—Es asqueroso —murmuró el señor Saginaw.

Jonathan asintió con gravedad.

—Alégrate —dijo Mamá—, ¿no te hemos dicho que puedes ir a la escuela como los otros niños?

—Discúlpenme —contestó Jonathan—, pero estoy tratando de... de absorber unas noticias insólitas. Me acabo de enterar de que soy adoptado y que mis padres son vampiros. —Se dirigió hacia las escaleras, enojado—. Y, además, durante nueve años me alejaron de algunas cosas que yo podría haber disfrutado, como la televisión.

Jonathan intentó tranquilizarse. —Pero gracias por dejarme ir a la escuela —dijo sinceramente—. ¡Me muero de ganas de ir a clase de matemáticas! ❖

¿Qué es una cafetería?

❖ El día que siguió a las sorprendentes noticias acerca de sus padres, Jonathan empezó a tratar de mantenerse despierto durante el día. Y tuvo una conversación con el señor Saginaw.

—Me gustaría inscribirme en la escuela —dijo—. ¿Podríamos hacerlo hoy o mañana, por favor?

El señor Saginaw tenía una cacerola en la lumbre. Parecía muy ocupado.

—Yo no...

—Por *favooor* —rogó Jonathan.

—Bueno, está bien —aceptó el señor Saginaw—. Veré qué puedo hacer. Ponte tu traje negro, el elegante, será adecuado para que conozcas a la directora. Tus otros trajes te servirán para que vayas diario a la escuela.

Así que el señor Saginaw hizo una cita.

El encuentro se desarrolló de manera muy tranquila. Jonathan y su tutor se sentaron en la oficina de la señora Hancock, la directora de la escuela, y el señor Saginaw dijo: —Es una historia un poco larga, pero, bueno, Jonathan ha recibido clases privadas en su casa desde que era muy chico. Considero que lo encontrará usted bien preparado. Es un lector excelente, quizás lee libros de nivel de secundaria.

—Bueno —dijo la señora Hancock—, en ese caso, tal vez deberíamos ponerlo en quinto año.

—¡Ay, no! ¡Por favor! —exclamó Jonathan—. Preferiría estar con los de mi edad. Conocí a Tobi Maxwell y me gustaría estar en el grupo de la señorita Lecky con ella... Claro, si es posible.

La señora Hancock asintió y sonrió. Luego le hizo a Jonathan un examen, que terminó rápidamente. La directora lo leyó. —¡En hora buena! —dijo. Jonathan no estaba seguro de lo que eso significaba, pero estaba encantado de que le dijeran que podía estudiar en el grupo de la señorita Lecky.

Después de la inscripción de Jonathan en la escuela, los días transcurrieron con gran lentitud. Jonathan aprendió a dormir toda la noche y a despertar alrededor de las siete de la mañana. Y vio a Tobi muchas veces. Pero esperar a que comenzaran las clases fue *difícil*. Cuando por fin llegó el primer día de clases, Jonathan estaba muy entusiasmado. Se puso su traje café. Luego se lo cambió por el azul. Luego examinó su portafolios. El señor Saginaw había ido a comprar los útiles escolares para Jonathan. Había comprado un par de zapatos que parecían de gente grande y se llamaban zapatos de puntera, y el portafolios.

Lo mejor del portafolios era que el señor Saginaw lo había llenado con todo lo que podría necesitar un estudiante. Muy ordenados, adentro había lápices (con punta), un sacapuntas, un borrador, una regla, un compás, un transportador, tijeras, hojas para la carpeta, divisiones para la carpeta de tres arillos, reforzadores para los hoyos de las hojas de carpeta, ligas, clips, tarjetas, una caja de lápices de colores (para hacer mapas y gráficas, explicó el señor Saginaw), goma de pegar, una pequeña engrapadora, grapas extras, un perforador y cinta adhesiva.

Jonathan se miró en el espejo del baño. Saco azul, camisa blanca, corbata de moño azul. Necesitaba algo más, así que sacó dos lápices de colores del portafolios y los metió en el bolsillo de su camisa.

Un verdadero estudiante. Jonathan estaba listo.

Se despidió del señor Saginaw. Luego, con el portafolios en la mano, partió. Esperaba recordar el camino a la escuela que Tobi le había enseñado. Y lo hizo. Sólo se equivocó en una vuelta antes de salir del bosque hacia el patio. Pero entonces sintió casi pánico. ¡Había cientos de alumnos en el patio! Desde luego, ya sabía que habría muchos alumnos en Littleton. Sólo que no se había imaginado tantos, ni verlos a todos juntos. Estaba pensando en dar media vuelta y regresar a su casa, cuando oyó que alguien gritaba: ¡Jon! ¡Joon! ¡JONATHAN!

¡Ay, gracias a Dios! Era Tobi.

Jonathan corrió hacia ella. —¿Por qué me llamaste "Jon"? —preguntó.

—Porque Jonathan suena como, no sé, como nombre de gente grande. Es fresa. —Tobi hizo una pausa—. En realidad —prosiguió—, te ves un poco...

—¿Qué pasa? —preguntó Jonathan.

—Bueno, es la forma en que estás vestido. Y tu... tu...

—¿Mi portafolios?

—Mm, sí. —Tobi se mordió el labio. Parecía que trataba de aguantarse la risa.

—¿Pero qué tienen de malo mi ropa y mi portafolios?

—Ehhh... nada. Ven, vamos al salón de la señorita Lecky.

Tobi atravesó el patio con Jonathan. Casi todos los chavos (es decir, ninguna niña) con los que se cruzaban exclamaban: "¡Hola, Tobi!" o "¿Qué tal te fue este verano?", o "¿Cómo andas?" Salvo un muchacho que gritó: —"¿Quién es ese raro? "

En el salón de la señorita Lecky fue igual. Jonathan entró con cautela, haciendo una pausa en el umbral de la puerta para observarlo todo. El salón se veía casi igual a cuando él y Tobi lo habían espiado por las ventanas.

Mientras observaba, los chavos se agruparon en torno a Tobi. Tobi se reía y sonreía.

Por primera vez en su vida, Jonathan Primavo se sintió excluido, hasta que Tobi lo jaló hacia adentro y dijo: —Éste es Jon Primavo. Se mudó aquí durante el verano. Es mi nuevo amigo. Es a todo dar...

—¿Es a todo dar? —repitió un niño, riéndose.

Otro niño rió disimuladamente. —Apenas estamos en septiembre y ya encontramos al Fresa del Año —dijo.

—Oye, ¿de quién es el portafolios? ¿De tu viejo? —preguntó un tercero.

Jonathan miró a Tobi, desamparado. ¿Qué viejo?

Pero Tobi estaba mirando fijamente a los chavos.

—No conozco a ningún viejo —contestó Jonathan—. Salvo...

—había empezado a decir—: Salvo mi Papá, ya que Papá probablemente era más viejo que seis o siete abuelos juntos. Pero se dio cuenta de que no debía mencionar eso—. No conozco a ningún viejo —dijo otra vez.

Como Tobi estaba mirando a todos tan fijamente, hubo un momento de silencio. Pero por fin el primer niño, que se llamaba Rusty Benoit, le dijo a Jonathan: —Bonitos zapatos.

Los demás chavos miraron los pies de Jonathan y empezaron a reír. Tobi los interrumpió: —¡Cállense! —gritó—. Esto muestra exactamente lo poco que saben. Resulta que Jon es nada menos que un experto en monstruos y fantasmas. Ha leído millones de libros sobre ellos. Y ahora vive en la vieja casa de Drumthwacket —agregó significativamente.

¿Monstruos? ¿Fantasmas? ¿La casa de Drumthwacket? Los chavos miraron a Jonathan con respeto.

Luego Tobi dijo: —Oigan esto. Nunca antes ha ido a la escuela.

—¿De veras? —dijo en burla otro niño, quien resultó llamarse Sharrod Peters—. ¿Nunca antes ha ido a la escuela? ¿Es cierto? Nunca lo hubiera adivinado.

Tobi le sacó la lengua a Sharrod, pero Rusty se portó más amigable de repente.

—¿Por qué no has ido nunca a la escuela? —preguntó.

Antes de que Jonathan pudiera contestar, la señorita Lecky entró al salón. Los chavos la miraron por un instante y luego corrieron a elegir sus lugares. Tobi jaló a Jonathan a un escritorio hasta atrás del salón y se sentó junto a él.

—Siempre es mejor sentarse atrás —susurró.

Jonathan asintió, sin saber muy bien por qué era mejor, y puso el portafolios en el piso junto al escritorio.

Comenzó el día.

Al principio, Jonathan se sentía abrumado y apenado. No se sabía el juramento a la bandera... ni siquiera sabía qué cosa era. Luego la señorita Lecky mencionó los almuerzos y el dinero para el almuerzo. Jonathan se dio cuenta de que el señor Saginaw había olvidado ambos.

—No te preocupes —le dijo Tobi—. Yo te presto dinero.

Después de pasar lista, del juramento a la bandera y de los anuncios, la señorita Lecky dijo: —Niños, bienvenidos a cuarto año.

—Gracias —respondió Jonathan. Tobi le dio un codazo y varios niños rieron.

Pero la señorita Lecky sólo sonrió. —Tenemos dos nuevos alumnos este año: Jonathan Primavo y Caddie Zajack. Espero que les den la bienvenida. Y por favor recuerden que Jonathan nunca ha asistido a una escuela. Ha estudiado en su casa con un tutor, de modo que algunas cosas serán nuevas para él. Denle una mano de vez en cuando.

¿Una mano?, se preguntó Jonathan. ¿Qué será eso?

La señorita Lecky pidió a Jonathan y a Caddie ponerse de pie.

Lo hicieron y el salón se llenó de murmullos. Todas las cabezas, incluyendo la de Caddie, voltearon a ver a Jonathan. Por eso se sintió agradecido cuando Tobi dijo: —A Jonathan le gusta que lo llamen Jon.

—Gracias, Tobi —dijo la señorita Lecky—, pero por favor recuerda que debes alzar la mano. Y ahora empecemos el periodo de lectura.

Periodo de lectura, repitió Jonathan para sí mismo. Tendría que recordar todas estas cosas nuevas.

Las tres horas siguientes pasaron muy rápidamente. Jonathan encontró que el trabajo era bastante fácil, pero había algunas cosas que no comprendía. Una de ellas era alzar la mano. Cuando trabajaba con el señor Saginaw, no tenía que levantar la mano. Pero la señorita Lecky insistía. —No hablen, por favor levanten la mano. —Decía todo el tiempo.

—¿Por qué no? —preguntó Jonathan finalmente. De verdad quería saberlo.

Antes de que la señorita Lecky le pudiera contestar, Sharrod empezó a ondear su brazo con fuerza. —¡señorita Lecky! ¡señorita Lecky!

—¿Qué pasa, Sharrod? —respondió.

—Jonathan acaba de hablar. Usted dijo: "No hablen, por favor" levanten la mano, y él habló sin levantar la mano y dijo: "¿Por qué no?"

—Gracias, Sharrod...

—Discúlpeme, señorita Lecky —dijo Jonathan—, sin levantar la mano— pero Sharrod también acaba de hablar. Estaba diciendo "señorita Lecky, señorita Lecky" mientras tenía el brazo alzado. ¿No es eso hablar?

—Pero, señorita Lecky, ahora *Jonathan* habló —dijo Sharrod.

2x3
5

—Tú también, Sharrod —dijo Tobi.

—Tú también, Tobi —dijo un amigo de Tobi llamado Eric Davis.

—Tú también, Eric —dijo Sharrod. Y todo hablaron sin levantar la mano

La señorita Lecky cerró los ojos por un momento. Cuando los abrió, levantó los dos brazos. —¡Clase! —dijo en voz muy alta.

Todos dejaron de hablar.

—Jonathan —dijo la señorita Lecky con paciencia—, levantamos la mano para que *esto* no suceda. Cuando hablamos así, el salón se llena de ruido y nos distraemos de nuestro trabajo. ¿Entiendes?

Jonathan levantó la mano.

—¿Sí? —dijo la señorita Lecky.

—Creo que sí —respondió Jonathan.

Miss Lecky volvió a cerrar los ojos un instante. —Qué bueno —dijo.

Finalmente llegó la hora del almuerzo.

—Me encanta el almuerzo... pero odio la cafetería —dijo Tobi con un gruñido.

—¿Qué es una cafetería? —preguntó Jonathan, mientras su grupo caminaba por el corredor.

Rusty, Eric y Sharrod se rieron.

Jonathan tenía la sensación de que debía saber lo que era una cafetería. Había leído esa palabra en unos libros. Pero no recordaba qué quería decir.

—Es el lugar donde te dan de comer, tont... Jon —susurró Tobi—. Tú quédate conmigo. De todos modos, te tengo que prestar el dinero.

Jonathan ni pensaba dejar a Tobi. ¿Cómo podría? Tobi sabía todo de la escuela; Jonathan no sabía nada.

Mientras Jonathan y sus compañeros caminaban por el corredor, Jonathan oyó un ruido que se hacía más y más fuerte. Luego la señorita Lecky abrió una puerta y el ruido se volvió un estruendo.

—Bueno, aquí está —dijo Tobi—. La vieja cafetería de Littleton.

Jonathan entró a una de las piezas más grandes que había visto en su vida. Estaba llena de mesas largas, y cada mesa estaba llena de chavos. Y de charolas.

—Cielos —dijo Jonathan.

Tobi le dio un codazo. —No digas eso, ¿te acuerdas?

—¿Qué debo decir?

—Increíble.

—Increíble —murmuró Jonathan.

—Ahora ven, vamos por nuestro almuerzo antes de que se haga demasiado larga la fila. En esta escuela sólo hay dos opciones: almuerzo caliente o te traes el tuyo.

—¿Qué es el almuerzo caliente? —preguntó Jonathan.

—Mmm —dijo Tobi, tratando de ver—. Hamburguesas con pizza, ensalada y gelatina. Vamos.

Tobi le enseñó a Jonathan cómo tomar una charola, un plato, un tenedor, una cuchara y un cuchillo, y deslizar la charola a lo largo del mostrador. Atrás del mostrador había tres mujeres. Estaban vestidas de blanco. Traían bolsas de plástico en las manos, a modo de guantes.

—Tobi —dijo Jonathan—, ¿por qué están...?

Pero Tobi no estaba prestando atención. Había llegado a donde estaba la primera mujer. Le extendió su plato. La mujer le sirvió ensalada. Luego Tobi siguió deslizando su charola. Jonathan la siguió y no se detuvo frente a la mujer de la ensalada.

—Jovencito —gritó la mujer—, ¡regrese para acá!

—Ve por tu ensalada —murmuró Tobi .

—No me gusta la ensalada.

—No importa. Tienes que servírtela de todos modos.

Bueno, eso era el colmo de la tontería. Era más tonto que alzar la mano. Jonathan se dio cuenta de que la escuela tenía sus reglas. Y no todas le gustaban.

Regresó por su ensalada. Luego alcanzó a Tobi en el momento en que le sirvieron su cubo de gelatina verde. Nunca antes había visto gelatina.

—Disculpe —dijo Jonathan a la señora de la gelatina—, creo que aquí hay algo raro. Se mueve.

Tobi entornó los ojos. —Olvídalo, Jon —dijo—. Ven. —Lo jaló hasta donde estaba la última mujer de blanco. La mujer sirvió dos hamburguesas con pizza en el plato de Tobi.

Luego Jonathan le extendió su plato. La mujer le sirvió dos hamburguesas con pizza. Jonathan las miró, y estiró su plato.

—¿Sí? —dijo la mujer.

—¿Me da una más, por favor?

—Dos es el máximo.

—Pero no comeré la cosa verde que se mueve ni la ensalada...

—¡Oye, circula! —gritó alguien.

—¡Sí, muévete!

—Jon —dijo Tobi—, *vente*. Tu almuerzo es tu almuerzo. Ven, te lo voy a pagar.

Dios mío, pensó Jonathan, la escuela de veras es muy confusa.

Después de que Tobi pagara los almuerzos, ella y Jonathan se sentaron con un montón de niños de su grupo. Hablaron de monstruos. Jonathan era el que más sabía de vampiros. Habló mucho. Se comió las hamburguesas con pizza. No permitió que su tenedor tocara la gelatina movediza.

Cuando terminó el almuerzo, Tobi le enseñó a Jonathan qué hacer con la charola. Después, le enseñó dónde estaba el baño de hombres, cómo hacer funcionar la fotocopiadora, y cómo esconder el chicle bajo el escritorio. Y cuando salieron juntos de la escuela por la tarde, ella le sugirió amablemente que tal vez no debería ponerse traje ni usar el portafolios. Jonathan asintió sin ganas.

Cuando Jonathan finalmente regresó a casa esa tarde, se sentía abrumado. Pero cuando el señor Saginaw le preguntó qué tal había estado la escuela, Jonathan respondió: —¡Increíble!

Sin embargo, se fue a su cuarto, enojado. Estaba enojado con Mamá y Papá. Tal vez la escuela había sido un poco confusa, pero en realidad también había sido increíble. Y desde los cuatro o cinco años podría haber ido a la escuela. (Habría sabido de qué se trataban las cafeterías y la gelatina.) Pero no había ido. ¿Y por qué no? Porque Mamá y Papá habían adoptado a un niño aunque eran vampiros. Y luego habían tratado de ocultarle la verdad a Jonathan. ¿Por qué, se preguntaba, no lo había adoptado una familia común y corriente que no tuviera que irrumpir en un banco de sangre cada vez que tenía hambre?

Esto no es justo, pensó Jonathan, de plano no es justo. Se sentó en la cama. Luego bajó y miró la puerta del sótano. Cerrada. Vaya. Mamá y Papá todavía estaban dormidos. ¿Cómo podría contarles su primer día en la escuela?

Suspiró. Ni modo. Y entonces se acordó de que tenía... tarea.

—¡Mi primera tarea! —dijo Jonathan mientras corría hacia su cuarto—. ¡Qué bueno, a darle a las matemáticas! ❖

¡No muerdas!

❖ JONATHAN llevaba varios días yendo a la escuela, cuando Tobi inesperadamente le dijo: —¿Y cuándo me vas a invitar a tu casa, Jon? Era la hora del almuerzo. Jonathan estaba sentado en la ruidosa cafetería. Estaba en una banca estrujado entre Sharrod y Rusty. Tobi y Eric estaban frente a ellos.

—¿Cómo dices? —dijo Jonathan.

—Dije que cuándo me vas a invitar a tu casa.

Jonathan casi refunfuñó, como el señor Saginaw. —Bueno —dijo—, bueno... mmm, mis padres no me permiten invitar amigos.

—¿Nunca? —exclamó Tobi.

—Bueno, no durante mucho rato. Quiero decir, ellos...

¡R-R-R-I-I-I-N-N-N-G-G-G!

—¡Simulacro de incendio! —gritó Tobi, y los niños salieron corriendo de la cafetería.

Jonathan estaba a salvo... hasta el día siguiente, cuando Tobi dijo: —¿Entonces me vas a invitar? Sería muy divertido. Me regresaría contigo a tu casa y luego me iría a la mía. De perlas.

Jonathan no se molestó en preguntar de dónde saldrían las perlas. Pensó un instante. Luego dijo: —Claro que puedes venir. Sólo tengo que preguntarle a mi madr... quiero decir, a mi mamá qué día estará bien. Yo te aviso.

Jonathan regresó a su casa lentamente ese día. ¿En qué se estaba metiendo?, se preguntaba. Pero si iba a ser como los demás chavos, tendría que invitar a sus amigos a su casa, ¿no? Sin embargo, ése era el problema. Jonathan quería que Tobi —o cualquier otro amigo— viera que su casa era como todas las otras casas.

Además, Jonathan había leído muchos libros antiguos y, en esos libros, las madres no sólo estaban despiertas cuando sus hijos llegaban de la escuela, sino que estaban en la cocina haciendo galletitas, o estaban arreglando el jardín o trabajando o poniendo la mesa para la cena.

Jonathan sabía muy bien que si le pedía al señor Saginaw que se pusiera un delantal y se quedara en la cocina e hiciera galletitas un día, lo haría.

Pero no era lo que Jonathan quería.

Jonathan quería que su madre lo hiciera. Quería que estuviera despierta, más o menos bien vestida, que hiciera galletitas y que no se convirtiera en murciélago. Ni que mordiera cuellos. ¿Qué tal si de pronto le daba mucha hambre y no podía meterse en el banco de sangre porque era de día? Jonathan trató de no pensar en eso.

¿Pero se atrevería a pedirle a Mamá que fuera una madre verdadera? ¿*Podría* ella serlo?

Esa noche, Jonathan estaba callado en la mesa de la cocina. El señor Saginaw le estaba sirviendo la cena, y Mamá y Papá estaban a punto de convertirse en murciélagos y visitar el banco de sangre.

—-Jonathan —dijo Mamá—, has estado muy callado estos últimos días.

Jonathan comió un bocado de arroz, pero no dijo nada.

—Desde que comenzó la escuela —añadió Papá.

—La escuela no es muy difícil, ¿verdad? —preguntó Mamá.

—No —dijo Jonathan sin levantar los ojos.

—A veces —prosiguió Mamá—, te ves... enojado.

—Con nosotros —dijo Papá.

Entonces Jonathan levantó la vista. —No es fácil ser hijo de vampiros —les dijo—. Sobre todo cuando uno mismo no es un vampiro.

—Comprendemos —dijo Papá.

—¿Hay algo que pudiéramos hacer para facilitarte las cosas? —preguntó Mamá.

Jonathan se puso a pensar. ¿Se atrevería a preguntarle a Mamá sobre las galletitas? Tendría que levantarse durante el día, ver la luz del sol...

Jonathan decidió arriesgarse. Puso el tenedor en el plato. Con mucha solemnidad le dijo a sus padres (que cada segundo se ponían más pálidos): —Algún día me gustaría invitar a Tobi después de la escuela.

—Ah —dijo Mamá con un suspiro de alivio—, ¿sólo es eso?

—No —dijo Jonathan—. Cuando venga, quiero que estés aquí como cualquier madre.

—Pues aquí estaré. Siempre estoy aquí durante el día.

—Una madre cualquiera —dijo Jonathan—, no duerme en un ataúd durante el día. ¿Podrías levantarte temprano —sólo por esta vez— y hacer unas galletitas? Y cuando Tobi y yo entremos a la casa, ¿podrías sacar las galletitas del horno? ¿*Por favor*?

—¿Levantarme temprano?... ¿Hacer *galletitas*? Pero, Jonathan, no he cocinado en siglos. Además, no necesito cocinar —señaló la señora Primavo.

—Yo lo haré con gusto —intervino el señor Saginaw.

—No —dijo Jonathan—. Gracias, pero quiero que lo haga Mamá. Y quiero que se ponga ropa normal.

—Ay, Jonathan. —Mamá se hundió en una de las sillas—. ¿Es esto *muy* importante para ti?

—Mucho —dijo Jonathan.

—Entonces lo haré. ¿Qué quieres que me ponga?

Hmm, pensó Jonathan, la señorita Lecky siempre se pone falda o un vestido. A veces pantalones, pero no con frecuencia. —Un... un vestido —le dijo a Mamá.

—Está bien, tengo muchos vestidos. Claro, algunos están un poco viejos.

—¿Qué tan viejos? —preguntó Jonathan.

Mamá frunció el ceño. Luego miró a Papá. —Bueno, está el que me puse cuando fuimos al Baile de los Vampiros. ¿Cuándo fue eso, querido? ¿Mil seiscientos veintiocho?

—O veintinueve.

—Ese vestido de baile —le dijo Mamá a Jonathan— ha de tener, pues, unos trescientos cincuenta o cuatrocientos años. ¿Qué te parece?

—No lo uses —dijo Jonathan. Luego agregó amablemente—: Por favor, algo más moderno estaría bien. ¿Tienes algo más moderno?

—Por supuesto que sí —respondió Mamá—. ¿Quieres que me ponga eso?

Jonathan asintió.

Mamá asintió.

Todo estaba arreglado.

Una semana después, Tobi regresó de la escuela con Jonathan. Mientras ella hablaba de la escuela y de lo tontas que eran casi todas las niñas, Jonathan se preguntaba qué traería puesto su mamá cuando llegaran a la casa. ¿Se habría acordado de hacer galletitas? Y lo más importante, ¿se habría acordado de despertar? Se tenía que levantar cinco o seis horas antes de lo normal. Jonathan se sentía un poco mal por eso, pero sería una sola vez.

Tobi se estremeció, cuando llegaron a la casa de los Primavo, estaba más maltrecha y fantasmal que nunca.

—La vieja casa de Drumthwacket siempre me da escalofríos —dijo Tobi—. Sobre todo en un día gris como éste.

—¿De veras? —dijo Jonathan vagamente. El corazón le latía con violencia. Abrió la puerta principal.

¡Olía… a galletas!

—¡Hola, Mamá ya llegué! —gritó, como si lo hiciera todos los días.

—-Qué oscura está tu casa —comentó Tobi mientras caminaban hacia la cocina. Todas las cortinas están cerradas y...

—¡Mamá! —exclamó Jonathan—, ¡hiciste galletitas! Y... y te pusiste, mmm, muy elegante.

La señora Primavo no traía, como de costumbre, su vestido largo y vaporoso sino que llevaba uno azul con lentejuelas en la parte de arriba.

—Va a ir a un baile? —preguntó Tobi, pasmada—. Está tan... ¡Ese vestido es precioso!

—¿Este trapo? La uso para la casa. Lo tengo desde hace años.

—Tengo que presentarlas —dijo Jonathan, nervioso—. Mamá, ella es Tobi Maxwell. Tobi, ésta es mi madre.

Tobi extendió el brazo para saludar, pero Jonathan gritó: —Oye, Mamá, creo que se están quemando las galletitas.

Mamá volteó para mirar en el horno, y Tobi le preguntó en secreto a Jonathan: —¿Por qué tu mamá usa lentes oscuros dentro de la casa?

Antes de que Jonathan pudiera contestar, la señora Primavo dijo: —Pero no se han quemado. Están perfectas. —Sacó del horno una lámina con unas maravillosas galletitas de chocolate. Jonathan estaba seguro de que las había cocinado el señor Saginaw, pero no importaba. Hasta ahora, Mamá lo estaba haciendo muy bien. Bueno, bastante bien. Jonathan no podía pedir más.

Cuando se enfriaron las galletitas, Jonathan y Tobi las pusieron en un plato y comieron varias.

—¿No gusta? —le preguntó Tobi a la señora Primavo y le pasó el plato.

—No, gracias, querida —respondió Mamá—. No tengo nada de hambre.

Gracias a Dios, pensó Jonathan.

—¿Sabes lo que deberíamos hacer esta tarde, Jon? dijo Tobi: Digo, si usted está de acuerdo, señora Primavo. (Jonathan empezó a preocuparse.) Deberíamos ir al centro comercial y jugar esos juegos de video. Sharrod y algunos chavos de la clase van a estar allí.

¿El centro comercial? ¿Juegos de video? Jonathan tenía una vaga idea de lo que eran, pero...

—Bueno, tal vez el señor Saginaw pueda llevarlos hasta allá en el coche —dijo Mamá.

—¿El Señor Saginaw? ¿Tu institutrizo? —preguntó Tobi.

Nadie le contestó. Entonces Jonathan dijo: —¿Conoces el centro comercial, Mamá?

—Por supuesto. He volado hasta allá... quiero decir, he manejado hasta allá... miles de veces.

—Entonces, ¿podrías llevarnos tú? —preguntó Jonathan, armándose de pronto de valor. Sabía que la señora Maxwell llevaría a Tobi si ella se lo pedía

Mamá miró a Jonathan con severidad. —Pero hay tanto sol allá afuera. Y no he manejado el coche en...

Jonathan se detuvo. ¿En qué estaba pensando? Pedirle a su madre que saliera en público. ¿Durante el *día*? A saber lo que pasaría. Mamá no había estado despierta durante el día en siglos. ¿Qué tal si le daba hambre? ¿Qué tal si se convertía en murciélago? ¿Qué tal si se le olvidaba que era civilizada y le mordía el cuello a alguien?

¿Y qué le haría el sol? ¿Por qué tenía que evitarlo? ¿Le hacía daño?

Tobi interrumpió los pensamientos de Jonathan. —¿No ha manejado el coche en... qué? —le preguntó a la señora Primavo.

—En, mmm, en esta zona... no mucho.

—¿Conoce el centro comercial? —siguió preguntando Tobi.

La señora Primavo asintió.

Tobi parecía confundida. Pero sólo dijo: —Bueno, de todos modos, yo le puedo decir cómo llegar.

¿Y ahora qué?, pensó Jonathan. —Sabes —dijo de pronto—, tal vez no deberíamos ir al centro comercial, Tobi.

—¿Por qué no?

—Bueno... es que... Creo que no le caigo bien a Sharrod.

Tobi sacudió la mano como si eso fuera la tontería más grande del mundo. —¿Y a quién le importa? ¿Qué tiene que ver eso con los juegos de video? ¿No quieres jugar, Jon? Todos los chavos enterados van al Gran Video.

—¿Todos los chavos enterados? Mamá —dijo Jonathan—, ¡vamos!

—Ya te dije que hay mucho sol afuera —siseó Mamá.

—No hay mucho sol, está nublado —respondió Jonathan, lo cual era perfecto porque así Tobi no se daría cuenta de que la señora Primavo no tenía sombra.

—¿A quién le importa el clima? —preguntó Tobi, y Jonathan contestó—: Mamá es delicada.

Diez minutos después, Mamá, Jonathan y Tobi estaban subiéndose al coche de los Primavo. Mamá se había puesto un sombrero de ala ancha con un velo, un abrigo largo y guantes... del estilo anticuado que le cubrían hasta los codos.

—¿Está *segura* de que no va a ir a un baile o algo? —le preguntó Tobi. Pero la señora Primavo tenía que concentrarse en manejar, así que no pudo contestar. Cada vez que daba vuelta hacía chirriar las llantas del coche, frenaba de golpe antes de llegar a los semáforos, y bajaba la velocidad cada vez que un coche venía en dirección contraria.

Jonathan contestó la pregunta de Tobi por su mamá. —Tiene gustos caros —dijo. Fue el único pretexto que se le ocurrió. Probablemente lo había leído en un libro.

—Ah —dijo Tobi.

Rechinaron las llantas hasta detenerse en un crucero. —Dé vuelta a la derecha —indicó Tobi a la señora Primavo, mientras se enderezaba en el asiento—, allí donde está el letrero que dice: "Siga derecho para el banco de sangre".

¿Al *banco de sangre*? Jonathan tragó fuerte. Miró a Mamá. Su boca estaba ligeramente abierta, de modo que asomaban sus colmillos. Y su estómago hacía ruidos. Fuertes. Jonathan se alegró de que Tobi estuviera en el asiento de atrás.

La señora Primavo arrancó a toda velocidad. Su estómago hacía ruido y sus ojos brillaban. No estaba prestando atención.

—¡A la derecha, a la derecha! —gritaba Tobi.

Jonathan se inclinó hacia Mamá. —Regrésate, da vuelta a la derecha, y cierra la boca —susurró.

Mamá obedeció. Parecía que estaba volviendo a la normalidad. Cuando el coche finalmente se detuvo en seco en el estacionamiento del centro comercial Brownsboro, Jonathan sintió alivio.

—Gran Video está por aquí, muy cerquita —dijo Tobi, entusiasmada, mientras atravesaban el estacionamiento—. Espero que tengas muchas monedas, Jon.

¿Monedas? Jonathan miró a Mamá. Ella asintió, cansada.

—Dios mío, qué hambre tengo —comentó Mamá instantes después.

—Bueno, hay una tienda de galletas aquí en el centro —dijo Tobi—, otra de Hamburguesas, una fondita y un restorán chino.

Pero Mamá no estaba prestando atención. Había visto algo. Jonathan miró hacia donde ella miraba y vio... el cuerpo de una ardilla muerta.

Mamá se agachó.

—¡No! —susurró Jonathan—. ¡Mamá, estás en público! No

puedes comerte eso. Digo, beberlo. —Miró a Tobi, que estaba frunciendo el ceño—. Mamá... Mamá no soporta ver animales muertos. Cree que los deberían enterrar en alguna parte —explicó.

—Ah —dijo Tobi con conocimiento de causa—, entonces mi madre es exactamente igual a la tuya.

No exactamente, pensó Jonathan.

La galería de video *sí* estaba cerca, y estaba oscura. Mamá suspiró de felicidad cuando vio una silla desocupada en el rincón más oscuro de la galería. —Yo me sentaré ahí mientras ustedes juegan—, y se dirigió cansada hacia la silla.

—¿O sea que tu mamá se va a *quedar* con nosotros? —dijo Tobi con poca discreción.

—No creo... no creo que nos estorbe —respondió Jonathan. Esperaba que Mamá se durmiera.

—Pero las madres *nunca* se quedan aquí. Jamás. Es casi una regla.

—No puedo evitarlo —contestó Jonathan—. Está cansada. Se levantó muy temprano hoy.

—Entonces no va a ir de compras ni nada, ¿verdad?

Jonathan negó con la cabeza.

—Bueno —dijo Tobi, mirando a la señora Primavo—, su ropa... *sí es interesante*. Como que de moda. Quiero decir que es rara y extraña. Lo cual es bueno. Tal vez los chavos piensen que es, pues, una reina del video.

Jonathan no sabía de qué hablaba Tobi, pero no importaba. Vio a Sharrod y Eric y Rusty y algunos otros chicos. Todos estaban jugando, y nadie se burló de Jonathan, ni siquiera Sharrod. Así que Jonathan y Tobi empezaron a jugar también. Se rieron y gritaron y ganaron juegos gratis. Nadie miró siquiera a Mamá.

Nadie, mas que Jonathan. La miraba a cada rato para asegurarse de que seguía en la silla. Cuando se levantó, Jonathan corrió hacia ella.

—¿A dónde vas, Mamá? —preguntó nervioso.

—Sólo voy al puesto de refrescos —respondió. Sonrió a Jonathan—. No te preocupes por mí.

—Está bien —contestó Jonathan.

Mamá estaba atravesando el umbral cuando a Jonathan se le ocurrió algo. ¿Mamá comería o bebería otra cosa que sangre? probablemente no ¿Entonces, a dónde iba? Tobi no había mencionado un puesto de refrescos.

—¡Tobi! ¡Tobi! —dijo Jonathan con urgencia. Le jaló la manga de la blusa.

—Ahora no, Jon, estoy a medio juego —Tobi no quitaba los ojos de la pantalla.

—¡Enseguida regreso! —le gritó Jonathan. Y corrió hacia la entrada de Gran Video. ¿Dónde estaba Mamá? Recorrió con la mirada el centro comercial... y vislumbró una figura con sombrero y guantes y un abrigo largo. Se dirigía hacia... un carro para donadores de sangre.

Jonathan corrió entre la multitud, abriéndose paso entre los compradores.

—¡Mamá! —exclamó, alcanzándola. Había llegado justo a

tiempo. La señora Primavo estaba a pocos metros del carro de donadores—. ¡No lo hagas!

La señora Primavo volteó. —¡Tengo tanta hambre!

—Lo siento —dijo Jonathan—, tendrás que comer cuando sea de noche. ¿Cómo sabías que esto estaba aquí?

—-Lo olí. Estaba sentada en ese horrible cuarto ruidoso y lo olí.

—¿Cómo ibas a entrar? ¿Cómo ibas a llegar a los frascos de sangre?

—Me iba a transformar en murciélago.

—*¿Dónde*? —preguntó Jonathan, exasperado.

—Como Batman, en una caseta telefónica —bromeó la señora Primavo.

—Mamá —dijo Jonathan—, es hora de regresar a la casa.

—Está bien —aceptó con un suspiro.

Entonces Jonathan fue por Tobi, y apuró a su amiga y a Mamá hasta el coche justo cuando empezaba a anochecer.

Eso sí, pensó Jonathan, cuando eres hijo de vampiros, no te aburres nunca. ❖

La noche más pavorosa del año

❖ —¡No es justo! ¡No es justo! ¡No es justo! —exclamaban los muchachos en el salón de Jonathan.

La señorita Lecky se restregó los ojos con las manos. Se veía cansada.

Tobi recordó por una vez levantar la mano.

—¿Sí, Tobi? —dijo la señorita Lecky.

—Bueno, sólo quería decir —empezó Tobi—, que de veras *no* es justo lo de nuestra fiesta de la Noche de Brujas...

—Estoy de acuerdo, Tobi...

—Pero —prosiguió Tobi—, tal vez podríamos hacer algo al respecto. O sea, no tenemos por qué cruzarnos de brazos.

Jonathan miró a sus compañeros. Todos estaban sentados. ¿Y por qué no hay que cruzar los brazos? se preguntó. ¿No acababa de decir Tobi "no tenemos por qué cruzarnos de brazos"?

Jonathan sacudió la cabeza. Casi todos los días alguien decía o hacía por lo menos una cosa que él no entendía.

Todos en el salón de Jonathan estaban alzando la mano. La señorita Lecky atendió a otro.

—Nunca —dijo Marion Safire— hemos dejado de tener una fiesta para la Noche de Brujas. Una vez no pudo hacerse en el salón de fiestas del Correo, pero se hizo en el gimnasio de la escuela.

—Nunca hemos dejado de hacer una fiesta para la Noche de Brujas —repitió.

—Es especialmente injusto porque no podemos ir a pedir dulces —añadió Rusty. ¿Cómo se puede ir de casa en casa pidiendo dulces en el campo? Hay kilómetros entre nuestras casas. Bueno, entre algunas.

—Ya lo sé —dijo la señorita Lecky, ya cansada.

Jonathan frunció el ceño. No entendía por qué sus compañeros estaban tan enojados. Tal vez se debía a que nunca había asistido a una fiesta de Noche de Brujas, ni a ningún otro tipo de fiesta, por cierto. Lo único que sabía era que cada año, en la Noche de Brujas, la Primaria Littleton hacía una inmensa fiesta para todos los alumnos de Littleton. Los chavos se disfrazaban y venían al gimnasio donde jugaban, comían dulces, marchaban en un desfile y ganaban premios por sus trajes.

Este año el salón de fiestas del Correo no se podía utilizar, así que ahora los chicos no podrían hacer nada en la Noche de Brujas.

—Tengo el mejor disfraz de mi vida —dijo Caddie Zajack—. Me tardé todo el verano en hacerlo. Y ahora no voy a poder usarlo.

—¡Niños y niñas! —La señorita Lecky levantó las manos—. Tranquilícense un ratito, por favor. Sé que están enojados. Lo entiendo. De veras que sí. Así que pensemos en lo que dijo Tobi. Tal vez *sí* podríamos hacer algo al respecto.

—¿Juntar suficiente dinero para una fiesta para toda la escuela en sólo tres semanas? —preguntó Tara Pushanski.

—No, no creo que sea posible —respondió la señorita Lecky—. ¿Pero por qué no hacemos una fiesta sólo de nuestro grupo?

—¿En la escuela? —dijo Rusty.

—¿Durante el día? —dijo Caddie.

—¿Con pastelitos y vigilantes? —dijo Sharrod.

—¡De ninguna manera! —exclamó Tobi.

La señorita Lecky suspiró.

—Queremos hacer algo en la noche —dijo Tobi—. Algo muy divertido. ¿No podríamos hacer la fiesta en casa de alguien?

—La mía es demasiado chica —dijo Tara.

—Mis padres no me darían permiso —dijo Sharrod.

—Los míos probablemente sí —dijo Tobi—, pero les apuesto que mis hermanos arruinarían todo.

Tímidamente, Jonathan levantó la mano.

—¿Sí? —dijo la señorita Lecky.

—Creo... tal vez podamos hacer la fiesta en mi casa. —En su vida había sido así de atrevido..

—¡Sí! ¡Su casa es como de Noche de Brujas! —exclamó Tobi.

—Cierto... La vieja casa de Drumthwacket —dijo Rusty—. *De veras* se ve hechizada.

—Pero no lo está... ¿verdad? —Caddie le preguntó a Jonathan.

—Nooo —respondió.

—Y es suficientemente grande —añadió Tara.

—Es grande y aterradora y perfecta —dijo Tobi entusiasmada—. Y

Jon no tiene hermanos o hermanas que nos molesten. Conozco su casa.

Jonathan sonrió nervioso.

—Jon tendrá que consultar con sus padres —dijo la señorita Lecky. (Más me vale, pensó Jonathan).

—Y sí tendremos que juntar dinero para la fiesta... ¿De verdad crees que tus padres estén de acuerdo? —le preguntó la señorita Lecky a Jonathan.

Jonathan reflexionó mientras los pensamientos volaban por su cabeza. *Él* desde luego estaba de acuerdo. Una fiesta en su casa le ayudaría a integrarse. Sería como ir a la escuela o jugar al video en el centro comercial. Quería caerle tan bien a Rusty y Eric y Sharrod como a Tobi, y no sólo sentarse junto a ellos en la cafetería porque era la única manera en que se podían sentar con Tobi. Jonathan daría la mejor fiesta de todas.

¿O no? ¿Con Mamá y Papá y el señor Saginaw? ¿En la *Noche de Brujas*? Invitar a veintitrés humanos a su casa era más o menos como ofrecer a Mamá y Papá un gran banquete. Era como decir: "Aquí hay veintitrés cuellos para que los muerdan."

Claro que Mamá había dicho que ella y Papá eran demasiado civilizados para morder a humanos. ¿Sería verdad? Nunca habían mordido a Jonathan y él era humano. Pero morder a un extraño era distinto a morder a su propio hijo. Con todos esos cuellos por ahí, probablemente sería difícil resistirse a dar aunque fuera una sola mordidita.

—¿Jon? —volvió a preguntar la señorita Lecky.

—Bueno, mmm, bueno, tendré que consultar con mi madre y mi padre. No sé —respondió por fin Jonathan.

—Diles que nosotros pagaremos todo —le aseguró la señorita Lecky—. El grupo pensará en algunos proyectos para juntar fondos.

—¡Podríamos lavar coches! —dijo Tobi sin levantar la mano.

—O vender pasteles —dijo Caddie.

—Y también —añadió Tara—, podríamos sacar copias de las recetas de los pasteles que vendamos, y vender libros de recetas.

—¡Ésa es una idea maravillosa! —exclamó la señorita Lecky. De pronto, parecía estar menos cansada. De hecho, se veía casi entusiasmada.

—Tal vez podríamos montar una obra de teatro y cobrar la entrada, o hacer un carnaval para la escuela, con una caseta donde se pueda hundir a la señora Hancock en una tina de agua, y un...

—Tobi —la interrumpió la señorita Lecky—, eso suena un poco pretencioso. Sólo tenemos tres semanas. Y no necesitamos tanto dinero. Sólo lo suficiente para refrescos, adornos y algunos premios. Y antes de *todo eso,* necesitamos el permiso de los padres de Jon.

Jonathan tragó fuerte. Todos contaban con él. Ahora *sí tendría* que hacer la fiesta en su casa. Si no, los chavos se enojarían con él. Tal vez la señorita Lecky también se enojaría con él.

Jonathan estaba casi seguro de que sus padres dirían que sí a la fiesta. Después de todo, su madre le había permitido invitar a Tobi,

¿no? Y había ido al centro comercial. Pero le tendrían que *prometer* que no se sobrepasarían si les daba hambre.

Esa noche, Jonathan estaba impaciente por que despertaran sus padres. Tenía que hablar con ellos antes de que se fueran al banco de sangre. Últimamente habían estado saliendo de prisa.

Mamá y Papá despertaron justo cuando el señor Saginaw estaba poniendo la cena en la mesa.

—¡Ya se levantaron! —anunció Jonathan—. ¡Oigo las tapas de sus ataúdes!

Unos instantes después, Mamá y Papá aparecieron en la cocina.

—Hola —dijo Mamá.

—Bueno, tenemos que irnos —dijo Papá.

—Por favor —exclamó Jonathan—, antes de que se vayan, necesito hablar con ustedes. ¡Es urgente!

—¿No podrías esperar, hijo? —preguntó Papá—. Tu madre y yo tenemos hambre.

—*Mucha* hambre —reconoció Mamá.

Jonathan se estremeció. Pensó que sus padres estaban más pálidos que de costumbre. Y sus ojos estaban opacos, sin ningún signo de vida.

—Es que es muy, muy, muy importante —dijo Jonathan muy serio.

—Bueno —dijo Papá—, si es *tan* importante...

—Tres "muy" —agregó Mamá.

—No tardaré —les dijo Jonathan—. Por lo menos creo que no.

—Está bien —dijo Papá—. ¿De qué se trata?

Mamá y Papá se sentaron a la mesa de la cocina. En realidad, pensó Jonathan, no se sentaron sino que más bien se hundieron.

El señor Saginaw sirvió la cena para sí mismo y para Jonathan, mientras éste se preguntaba cómo decírselo a sus padres.

Mamá y Papá empezaron a golpear con los pies en el piso y con los dedos en la mesa.

—Jonathan —dijo Mamá—, de verdad tenemos hambre.

—Ya lo sé —dijo Jonathan. Y entonces, como no sabía de qué manera plantear el asunto, dijo directamente—: Mamá, Papá, ¿podría hacer aquí una fiesta para la Noche de Brujas?

—¿Una fiesta? —dijo Papá.

—¿En nuestra casa? —dijo Mamá.

—¿En la Noche de *Brujas*? —dijo el señor Saginaw.

Jonathan asintió. Les contó el problema y de lo tristes que estaban sus compañeros. —De veras me encantaría que la fiesta fuera aquí —añadió—. Nuestra casa se ve terrorífica. Y es suficientemente grande para todo mi grupo. Además, no quiero decepcionar a mis amigos, ni a la señorita Lecky.

—Ay, Jonathan —dijo Mamá y suspiró.

—Mi grupo pagará todo —Jonathan prosiguió con desesperación, aunque sabía que eso realmente no tenía importancia—. Vamos a hacer cosas para juntar dinero para comprar comida y adornos y premios para juegos.

—No sé —dijo Mamá—. Jonathan, si das una fiesta, tu padre y yo tendremos que estar aquí. Los otros padres esperarán eso. Tendremos que estar en casa y, sin embargo, debemos salir a comer.

—¿No podrían dejar de comer sólo por *una* vez? —rogó Jonathan—. No, esperen. Ni siquiera tendrían que perder una comida. Nada más tendrán que esperar hasta que termine la fiesta y *luego* se pueden ir al banco de sangre. No creo que la fiesta dure mucho tiempo. Hasta podría yo fijar una hora límite. Podría decirle a los chavos que sus padres los tienen que recoger a las nueve de la noche. ¿Qué les parece? Y después, tú y Papá podrían salir. Tendrían el resto de la noche para comer.

—Supongo —respondió Mamá— que podríamos encontrar una cantidad suficiente de sangre entre las nueve y el amanecer.

(Jonathan sintió un escalofrío.)

Papá sacudió la cabeza. —¿Y qué tal si uno de los niños se va al sótano y encuentra nuestros ataúdes? —preguntó—. ¿Entonces qué? ¿Cómo lo explicaremos?

—¡Pondré un letrero que diga "Prohibida la entrada" en la puerta! —exclamó Jonathan (estaba empezando a tener esperanzas)—. Les diré que encerramos allí al perro mientras dura la fiesta.

—¿Qué perro? —preguntó Mamá.

—El que no tenemos —respondió Jonathan—. Nunca se darán cuenta.

—¿Y qué dirán de nuestra ropa? —preguntó Papá—. ¿Y de nuestros colmillos, y de nuestra palidez?

—Tobi no vio los colmillos de Mamá —señaló Jonathan.

—Pero tal vez la señorita Lecky sí los vea.

—¡Entonces les diremos que ustedes están disfrazados de vampiros para la Noche de Brujas! —exclamó Jonathan—. ¡Eso

estaría perfecto! Y que se tienen que ir a un baile de disfraces a las nueve. Por eso los padres tienen que recoger a sus hijos a esa hora.

—Bueno —dijo Mamá.

—Bueno —dijo Papá.

El señor Saginaw refunfuñó.

—Ésta es la parte fácil —dijo Jonathan—. En serio. Lo que me preocupa es, bueno, si ustedes —señaló con la barbilla a Mamá y Papá— van a estar en la casa y les da hambre durante la fiesta, ¿estarán... estarán mis amigos...?

—¿Seguros? —completó Mamá.

—Sí.

—Ya te lo he dicho, nunca mordemos a humanos. Nunca te hemos mordido a ti ni al señor Saginaw, ¿verdad? Morder a humanos es bastante descortés. Por lo menos en los Estados Unidos.

—¿Lo *prometen*? —dijo Jonathan.

—Lo prometemos —contestaron Mamá y Papá.

—¿Pero qué pasará si están muy, muy, muy hambrientos?

—¿Otra vez tres "muy"? —dijo Mamá—.

—Mmh, no sé.

—Si están mucho muy hambrientos puedo encerrarlos en sus ataúdes —dijo el señor Saginaw—. Y los saco después.

Papá asintió. —Ya lo ha hecho antes. Ayuda bastante.

—Entonces, ¿puedo hacer la fiesta? ¿Por favor? —rogó Jonathan. Se sentía aliviado. Más o menos.

—Sí —respondieron Mamá y Papá y el señor Saginaw.

—¡Qué bueno! —exclamó Jonathan. Saltó de su silla y se puso a brincar por toda la cocina. Estaba impaciente por dar las buenas noticias a sus compañeros. ❖

Plata y ajo

❖ LA NOHE del viernes, Jonathan esperó con ansia que despertaran sus padres. Cuando oyó las tapas de los ataúdes, esperó junto a la puerta del sótano para hablar con ellos cuando salieran.

—¡Adivinen qué! —exclamó, cuando Mamá y Papá abrieron la puerta. ¡Todo está listo para mañana! Tobi dice que nuestro comité ganará más dinero que todos los demás. Vamos a lavar coches.

Jonathan siguió a sus padres a la cocina. Para su sorpresa, no se alistaron para salir. Más bien se sumieron en las sillas.

—¿Qué pasa? —preguntó Jonathan nervioso.

—Tenemos... bastante... hambre —dijo Mamá, muy débil.

—Siempre tienen hambre a esta hora —respondió Jonathan—. ¿Por qué no van al banco de sangre?

—El banco de sangre —respondió Papá— tiene... muy poca provisión.

—Hemos tratado de tener cuidado —dijo Mamá—. Medio litro por aquí, medio litro por allá, esperando que nadie se diera cuenta.

—¿Y alguien se dio cuenta? —preguntó Jonathan, horrorizado. Recordó lo que había dicho Mamá de tener que mudarse si alguien empezaba a sospechar de los Primavo.

—No estamos seguros —contestó Papá—, pero la provisión del banco está *bajísima*.

—Gracias a nosotros, probablemente —añadió Mamá.

—Así que durante las últimas noches hemos tenido miedo hasta de tomar medio litro —dijo Papá—. Nos vimos obligados a matar un venado.

Jonathan, que se había estado hundiendo en la silla, se puso de pie de un salto. —¡Matar un venado! —exclamó—. ¿Mataron un venado? ¿Un pobre e inocente *venado*? ¡Eso es asqueroso! ¡Eso es horrible! —Casi agregó—: No puedo creer que sean mis propios padres —pero se detuvo a tiempo. En primer lugar, no eran sus padres, no de verdad. Por otra parte, era demasiado cruel.

—¡Jonathan! —exclamó Mamá con rigor. Mamá casi nunca hablaba con rigor. Cuando lo hacía, una manchita de color le sonrojaba las pálidas mejillas.

Jonathan se sentó.

—Nunca —dijo Papá con firmeza— elegimos un animal nada más así y lo matamos.

—Eso sería casi tan incivilizado y descortés como matar a un humano —afirmó Mamá—. No, buscamos en las carreteras los animales que han sido golpeados por coches.

—Animales que podemos aliviar de su dolor —explicó Papá—. Anoche, llegamos justo después de que ocurrió un accidente. Un conductor golpeó a un venado, pero después sólo volvió a arrancar el coche y siguió su camino. El venado quedó tirado a un lado de la carretera. No estaba consciente. Y no habría sobrevivido.

—Bueeeno —dijo Jonathan.

—Así que comimos —prosiguió Mamá—, pero, Dios mío,

estamos tan cansados. Supongo que tendremos que volar durante toda la noche, también hoy, y quién sabe qué encontraremos. Tal vez sólo un conejo. Y eso casi no alcanza.

—¿Por qué no vamos a ver el banco de sangre? —sugirió Papá, mientras él y Mamá se ponían de pie con gran esfuerzo—. Tal vez hoy hubo alguna donación.

—Estoy impaciente por que empiece la campaña anual de donación —dijo Mamá, abriendo la puerta trasera—. ¿Cuándo decían esos carteles que empezaría?

—El 3 de noviembre —respondió Papá.

La puerta trasera se cerró de golpe.

—El 3 de noviembre —repitió Jonathan, hundiendo la cara en las manos.

—Parece mucho tiempo —reconoció el señor Saginaw. Había entrado a la cocina y estaba mezclando algo en una cacerola sobre la estufa—. Sin embargo, tus padres han sobrevivido épocas como ésta en otras ocasiones.

—¿Pero, no se da cuenta? —dijo Jonathan con gran tristeza—. El 3 de noviembre es *después* de la Noche de Brujas. Después de la *fiesta*. Si Mamá y Papá tienen hambre ahora, imagínese cómo estarán entonces.

La mañana siguiente, Tobi y su padre recogieron a Jonathan, y luego a Rusty, Eric y Sharrod, y fueron en coche hasta el centro comercial. Jonathan no supo cómo decirle a sus amigos que tendría que cancelar la fiesta de Noche de Brujas. Pero estaban tan entusiasmados, que no dijo nada. Tampoco dijo nada de la fiesta

Vampiros

mientras lavaban los coches. Y al final del día, cuando Tobi contó el dinero que habían ganado y empezó a brincar por todo el estacionamiento, gritando "¡Somos ricos! ¡Somos ricos! ¡Tendremos nuestra fiesta!", se quedó callado. No quería ver triste a Tobi. Y desde luego no quería *ponerla* triste.

Jonathan decidió que prefería arriesgarse y hacer la fiesta a desilusionar a sus amigos. Así que esa noche le dijo al señor Saginaw: —Necesito ver otra vez todos esos libros sobre vampiros y monstruos. No los de la biblioteca, sino los nuestros.

—Muy bien —respondió el señor Saginaw—. ¿Pero, por qué?

Jonathan encogió los hombros: —Nada más.

El señor Saginaw le enseñó a Jonathan dónde estaban los libros, y Jonathan se sentó en el piso del estudio. Miró el índice de cada libro, y buscó en cada uno algún capítulo algo parecido a "Cómo alejar a los vampiros". Leyó y leyó y leyó. Tomó apuntes en un cuadernito de papel amarillo.

Se enteró de las dos maneras principales de alejar a los vampiros: el ajo y las cruces de plata.

—Muy bien —se dijo Jonathan al cerrar los libros—, ya está. Sólo tendré que estar preparado para la noche de la fiesta. Si hay algún problema, sacaré ajo o una cruz de plata. Desde luego, todo mundo sabrá lo de Mamá y Papá si lo hago... pero por lo menos nadie saldrá lastimado.

Durante las dos semanas siguientes, mientras el grupo de la señorita Lecky juntaba más dinero y compraba provisiones para la fiesta, Jonathan se encargó de otros asuntos. Cada vez que el señor

Saginaw iba a la tienda de abarrotes en el centro comercial, Jonathan le pedía ir con él. En secreto, fue juntando una provisión de ajo. Compró ajo en polvo, sal de ajo y dientes de ajo.

Y un día fue al departamento de joyería de una tienda que se llamaba Bamberger y compró una cruz de plata.

Así, Jonathan ya tenía su ajo y su cruz de plata. El grupo de la señoritaLecky tenía su dinero. Faltaban pocos días para la Noche de Brujas... y Mamá y Papá estaban más cansados y hambrientos que nunca.

Jonathan sólo esperaba que no sucediera nada malo. ❖

El depósito está vacío

❖ "De demonios y fantasmitas, animales de largas piernitas/ y cosas que hacen ruido en la noche..."

Era la Noche de Brujas y Jonathan sintió que en verdad lo era. Había un frescor en el aire. Afuera, las últimas hojas castañas caían de los árboles, y las ramas desnudas rascaban las ventanas de la vieja casa. Oscureció temprano porque las nubes se deslizaban y acumulaban en el cielo. ¿Se avecinaba una tormenta? Tal vez. Había empezado a soplar un viento fuerte, que azotaba las puertas y silbaba por la chimenea.

—Aterrador —dijo Jonathan al señor Saginaw.

—Si hay una tormenta, desde luego le dará un buen ambiente a la fiesta —respondió el señor Saginaw.

Jonathan pensó que dos vampiros eran suficiente ambiente para cualquier fiesta, pero no lo dijo. Él y el señor Saginaw estaban muy ocupados. Ya habían terminado las clases, y en pocas horas comenzaría la fiesta de la Noche de Brujas. Faltaba decorar la casa, poner la comida en la mesa, hacer un letrero que dijera PROHIBIDA LA ENTRADA, y disfrazarse. Jonathan se vestiría de vampiro. Así, tal vez todos prestarían menos atención a Mamá y Papá, y pensarían que ellos también estaban disfrazados.

Ese día, la señorita Lecky llevó a Jonathan en coche hasta su

casa después de la escuela. En la parte de atrás del coche había dos cajas de refrescos; una caja de platos, vasos y servilletas desechables, y paquetes de tenedores de plástico; bolsas de papas fritas; algunas manzanas para el juego de pescar manzanas con la boca; premios para el concurso de disfraces y otras cosas. De hecho, todo lo que se pudo comprar con el dinero reunido con excepción de las pizzas que la señorita Lecky recogería de camino a la fiesta, para que estuvieran calientes.

—Mire cuántas cosas —dijo Jonathan al señor Saginaw cuando se fue la señorita Lecky.

—Bueno, pues, manos a la obra.

Y eso hicieron.

La fiesta debía comenzar a las seis. Para las cinco y media todo estaba listo menos Jonathan.

—Ya es hora de que te pongas tu disfraz —dijo el señor Saginaw—. Mientras tanto, yo iré a despertar a tus padres... Ay, qué horror —murmuró.

—¿Cómo los despierta? —susurró Jonathan con los ojos bien abiertos.

—Voy al sótano y toco en las tapas de los ataúdes. Realmente lo detestan. Pero deben levantarse.

Jonathan asintió. Luego subió corriendo a ponerse su disfraz de vampiro. Había comprado dientes puntiagudos y se iba a blanquear la cara con polvo. El señor Saginaw le hizo una larga capa negra para que la usara con su traje negro. Su disfraz era muy realista. Pero mientras Jonathan se estaba vistiendo, se sintió cada vez más preocupado. Sus padres, pensó, no sólo tendrían hambre, sino que estarían de mal humor por haberse levantado temprano. ¡Qué combinación!

Cuando ya se había puesto el disfraz, Jonathan bajó para asegurarse de que el cartel de PROHIBIDA LA ENTRADA estuviera puesto en la puerta del sótano. Luego se tocó el pecho para sentir la cruz que estaba escondida bajo su camisa. Y por último, se aseguró de que estuviera el frasco en la alacena de la cocina. Contenía su provisión de ajo.

Jonathan estaba listo.

A las seis en punto sucedieron dos cosas: sonó el timbre, y el señor Saginaw sacó a Mamá y Papá del sótano. Se veían horribles.

—¿Puede abrir la puerta, por favor? —le pidió Jonathan al señor Saginaw—. Quiero hablar con Mamá y Papá un momento.

—Claro que sí.

El señor Saginaw se alejó, y Mamá y Papá se dirigieron, muy cansados, hacia la cocina.

—¿Qué tal... qué tal está el banco de sangre? —preguntó Jonathan tras de ellos.

—Seco como un hueso —dijo Mamá, enojada.

—El depósito está vacío —agregó Papá.

—¿Cuándo fue la última vez que comieron?

—Déjame ver. Creo que fue la noche del miércoles —respondió Papá. No sonaba tan gruñón como Mamá.

—Hemos estado buscando por todas partes —dijo Mamá—, pero no hemos encontrado ni un animal lastimado. Ni siquiera un

ratón. Y, por cierto, fue un ratón del que comimos el miércoles. Sólo un ratón para los dos... Pero, por piedad, no te preocupes tanto —prosiguió, viendo la expresión horrorizada de la cara de Jonathan—. No tienes nada que temer. Nos comportaremos perfectamente hoy en la noche. Palabra de Drácula.

—Y debo decirte —agregó Papá—, que hoy te ves especialmente guapo. Ese disfraz te queda muy bien. —Papá sonrió, mostrando sus colmillos.

—Mmm, gracias —dijo Jonathan.

—¡Jon! ¡Jon!

Jonathan oyó que Tobi lo llamaba desde la otra pieza. —Voy para allá con mis amigos —dijo a sus padres—. ¿Vienen?

—Claro —respondieron Mamá y Papá.

Jonathan y sus padres llegaron a la sala en el momento en que el timbre volvió a sonar. Los siguientes veinte minutos fueron muy confusos. Seguían llegando niños. La señorita Lecky trajo las pizzas, que el señor Saginaw le ayudó a llevar a la cocina. Y Tobi, que estaba disfrazada de guerrero indio, le enseñó a Jonathan cómo hacer funcionar la grabadora, que trajo junto con un montón de cassettes porque toda buena fiesta necesita música.

Jonathan vigilaba tanto la fiesta como a sus padres. Mamá estaba desempeñando muy bien su papel. Ya no se veía enojada. —Vamos a ir a una fiesta de disfraces hoy en la noche —le decía alegremente a cualquiera que comentara su "disfraz".

—¡Oye, Jon! —gritó Tobi en un momento dado—. ¿Por qué está en la puerta ese cartel de "Prohibida la entrada"?

—Tenemos una perra —mintió, logrando sonreír—, pero es muy tímida. No le gusta la gente. Así que se va a quedar en el sótano durante la fiesta. Nadie debe bajar allá.

—Ay, por favor, sólo déjame verla un rato —rogó Tobi—. *Adoro* a los perros.

Jonathan negó con la cabeza. —Lo siento.

—¿Y qué clase de perro es?

—Mmm... es una collie. Bueno, vámonos.

—¿Adónde?

—A ver las pizzas. ¿Cómo se sabe cuándo están cocidas?

—¡Cocidas! —exclamó Tobi—. ¡Las pizzas no se *cuecen*! Las venden ya cocidas. —Hizo una pausa—. Ah, era broma, ¿verdad?

—Claro... (Si las pizzas no se cuecen, entonces ¿qué están haciendo en el horno?, se preguntó Jonathan.)

Jonathan logró llevar a Tobi a la sala donde estaba la fiesta. Todos sus compañeros de la escuela estaban ahí, junto con la señorita Lecky, el señor Saginaw, y Mamá y Papá. Sus amigos parecían estar divertidos. Los cassettes de Tobi animaban la fiesta, había mucha comida, y la señorita Lecky organizaba juegos.

—¿Qué tal si pescamos manzanas? —sugirió—. Fórmense junto a la palangana. (El señor Saginaw había ayudado a Jonathan a llenar una palangana con agua. Ahora flotaban en ella dos docenas de manzanas.) Quien atrape una manzana con los dientes —sin las manos— en menos de sesenta segundos ganará un premio —anunció la señorita Lecky.

—Ay, qué encantador —comentó Mamá—.

—Hacía un siglo que no veía pescar manzanas.

Papá le dio un codazo a Mamá, y Mamá guardó silencio.

Un montón de niños se formaron junto a la palangana.

Mamá y Papá se acercaron. —Encantador —murmuró Mamá otra vez.

Y entonces Jonathan se dio cuenta de algo. Cuando Sharrod se arrodilló frente a la palangana para pescar una manzana, su cuello quedó totalmente expuesto.

Mamá y Papá se acercaron aún más.

Jonathan dirigió una mirada nerviosa al señor Saginaw, pero éste no se veía inquieto en absoluto.

—¡Felicidades! —exclamó la señorita Lecky, cuando Sharrod se puso de pie con una manzana entre los dientes—. ¡Eres el primero en ganar un premio!— Le entregó a Sharrod una horripilante araña que se movía al darle cuerda y una toalla para que se secara.

Luego Tara Pushanski se arrodilló frente a la palangana.

Mamá y Papá se acercaron más. Estaban con la boca casi en el cuello de Tara.

Cuando Tara terminó, le tocó a Tobi. Se puso de rodillas, inclinó la cabeza, y...

—¡Ay! —dijo Mamá. Estiró el brazo para alcanzar el cuello de Tobi.

La mano de Jonathan voló a su cruz de plata. —¡Mamá! —gritó. Y casi agregó—: ¡No muerdas! ¡Por favor!

Pero Mamá sólo dijo: —La etiqueta de tu disfraz se salió, Tobi —y la metió bajo el cuello de la camisa.

—Ah, gracias, señora Primavo —respondió Tobi. Y metió la cara en el agua.

Jonathan suspiró aliviado. Pero su corazón latía con fuerza. Había estado demasiado cerca. Demasiado cerca. ¿Cómo podría disfrutar de la fiesta con Mamá y Papá por ahí? Decidió que no podría.

—Mamá, Papá —dijo Jonathan, y jaló a sus padres hacia la cocina—. Bueno, es hora de una siesta. Regresen a sus ataúdes. —Susurró—. Todos los padres los han visto. La señorita Lecky sabe que están aquí. Ya no tienen que quedarse.

—¿No quieres que estemos en tu fiesta? —preguntó Papá. Se veía triste.

—No, no es eso —contestó rápidamente Jonathan—. Es que, bueno, se ven tan cansados. ¿Por qué quedarse despiertos cuando podrían descansar un poco? Yo sé que están muy débiles. ¿Por qué no se duermen otro rato y así tendrán más energía hoy en la noche cuando salgan a cazar... comida.

—No es mala idea —dijo Mamá, que parecía que ni siquiera podría llegar hasta su ataúd.

—Muy bien —dijo Papá. Llevó a Mamá del brazo por la escalera hasta el sótano. Jonathan cerró la puerta tras ellos. Su corazón empezó a latir normalmente otra vez.

La fiesta continuaba.

Después de la pesca de manzanas, la señorita Lecky y el señor Saginaw sirvieron las pizzas. Luego, ella dio los premios para los mejores disfraces de la fiesta. Después de los premios, Tobi exclamó: —¡Juguemos a las escondidillas! Jon tiene una casa ideal para ese juego. Es tan grande y tan oscura.

—Señor Saginaw —preguntó la señorita Lecky—, ¿le parece bien a usted?

—Supongo que sí —respondió—, siempre y cuando todos se queden en este piso.

Entonces comenzó el juego. Jonathan nunca había jugado a las escondidillas, pero le gustó mucho. Había estado escondiéndose y buscando durante un buen rato, cuando vio al señor Saginaw refunfuñando y golpeando la carátula de su reloj. Jonathan consultó su propio reloj. ¡Casi las ocho cuarenta y cinco!

—Señorita Lecky —exclamó Jonathan—, ¡falta un cuarto para las nueve! Mi mamá y mi papá van a tener que salir muy pronto.

—Tienes razón —asintió. Detuvo el juego y reunió a sus alumnos en la sala. Jonathan los recorrió con la mirada. Todos estaban allí... menos Tobi.

—¿Tobi? —dijo Jonathan. Corrió a la cocina. Nada de Tobi. Tal vez en el baño, pensó. Y entonces vio la puerta del sótano. Estaba entreabierta.

No, pensó Jonathan. Por favor, no.

Jonathan encendió el apagador junto a la puerta. Una tenue luz iluminó la parte de abajo.

—¿Tobi? —llamó otra vez.

—Dime.

Ay, no, pensó Jonathan. ¡Ay, *no*! ¿Habrá visto los ataúdes? Por lo menos, estaba viva.

Jonathan bajó de prisa las escaleras. El corazón le latía aceleradamente.

—¿Qué estás haciendo aquí? —exclamó. Cuando vio que Tobi estaba bien, dejó de preocuparse. Más bien, se enojó—. ¡Te dije que no bajaras aquí! Te lo *dije*. Puse un cartel en la puerta y todo. —Jonathan trató de recobrar el aliento.

Tobi estaba junto a los ataúdes. Si hubiera estado un poco más cerca, ya estaría adentro de uno de ellos. Pero parecía no haberlos visto. Jonathan intentó jalarla hacia las escaleras.

—Sólo quiero ver a la perra —dijo Tobi quejumbrosamente—. ¿Dónde está?

—Está... está... creo que mi padre la sacó a caminar. Ahora *vente.*

Jonathan volvió a jalar a Tobi, y mientras lo hacía, una de las tapas de los ataúdes rechinó y se abrió y lentamente asomó una mano blanca como la muerte.

—¡Aaaay! —gritó Tobi cuando la vio.

—¡Mamá! —gritó Jonathan.

De pronto, la tapa del ataúd se abrió completamente. Mamá se irguió y permaneció sentada.

—¡Puf! —exclamó Tobi—. ¡Qué olor a podrido! —Y luego—: ¿Qué le pasa a tu madre? ¡Yo me voy de aquí!

Retrocedió hacia la escalera, muerta de miedo.

Sin que Tobi lo viera, Jonathan sacó la cruz de abajo de su camisa y la detuvo frente a Mamá. De inmediato, Mamá se acostó.

Jonathan volvió a esconder la cruz. No quería que Tobi la viera.

—¿Qué está pasando? —le susurró Tobi a Jonathan desde las

escaleras. A tientas retrocedió otro escalón. Entonces volvió la mirada frenéticamente—. No hay perro, ¿verdad? —dijo—. Eso lo inventaste sólo para que yo no bajara aquí. —Tobi retrocedió otro escalón.

Jonathan tuvo que detenerla antes de que saliera corriendo y le dijera a la señorita Lecky y a los chavos lo que había visto. Trató de reír. Luego dijo: —Mira, Tobi, no se lo cuentes a nadie, ¿está bien? Todo esto es parte de los disfraces de mis padres para su fiesta de esta noche. Los... los ataúdes no son tan pesados como parecen. Pero de veras, no quiero que los chicos se enteren de que mis padres se toman tan en serio la fiesta. Van a creer que Mamá y Papá son raros. Y ahora que *finalmente* les caigo bien a Sharrod y a los otros. Así que, por favor, no digas nada.

—Y claro que tenemos una perra —continuó Jonathan—. Ya te dije... mi padre la sacó a caminar. —Jonathan miró el ataúd de la señora Primavo—. Mamá, casi mataste de miedo a Tobi —gritó.

—Lo siento, de veras que sí —exclamó la voz ensordecida de Mamá desde adentro del ataúd—. Sólo quería ver si mi disfraz funciona bien.

—Fu... funciona muy bien —balbuceó Tobi.

Luego subió corriendo las escaleras, con Jonathan pisándole los talones.

Sin embargo, antes de llegar arriba, Jonathan volteó a ver el ataúd de su madre. En cierto modo, esperaba que se volviera a abrir para que su madre viera lo enojado que estaba. Pero la tapa se mantuvo firmemente cerrada. ❖

Otra mudanza

❖ HABÍA terminado la fiesta de la Noche de Brujas de Jonathan. La señorita Lecky y los chavos se habían ido a sus casas. Nadie había sido mordido. Y nadie salvo Tobi había visto algo extraño o atemorizante

—¡Imponente fiesta, Jon! —había exclamado Tobi al irse, pero se veía medio agitada—. Avísame cuando se le quite lo tímida a tu perra —agregó—. De veras quiero verla. Siempre y cuando no tenga que bajar al sótano.

—Está bien —respondió Jonathan. Tendría que inventar una explicación por haber regalado al collie, pero no necesitaba hacerlo en ese momento—. Gracias por traer los cassettes y todo. Nos vemos en la escuela el lunes —gritó. Cerró la puerta principal y dejó salir un gran suspiro de alivio. ¡Lo logré!, pensó.

De pronto aparecieron Mamá y Papá.

—¿Ya se fueron todos? —preguntó Mamá.

—Todos —contestó Jonathan—. Hasta Tobi —subrayó.

Mamá no contestó. Apenas podía mantenerse en pie.

—Entonces ya nos vamos —dijo Papá débilmente. Deséanos suerte.

—¡No! —dijo Jonathan—. Quiero hablar con Mamá. Casi atrapó a Tobi.

—No podía controlarme.

—*Debemos* irnos —dijo Papá—. Jonathan, algunas cosas no pueden esperar.

—Pero... —dijo Jonathan.

—Nos vamos —respondió Papá, severo.

—Buena suerte —dijo Jonathan, de mal humor—. Espero que encuentren... algo.

Como precaución —por si acaso *no* encontraban nada—, Jonathan tomó la provisión de ajo y la puso junto a su cama. Se durmió esa noche con la cruz al cuello. No iba a arriesgarse.

Jonathan esperó ansiosamente a que pasaran unos días. Primero de noviembre... Dos de noviembre... Tres de noviembre... Cuatro de noviembre... Ya había empezado la campaña de donación de sangre. Estaba más aliviado de lo que él mismo quería aceptar. No soportaba la idea de que Mamá y Papá robaran la sangre que necesitaban los enfermos. Por otra parte, ellos también se veían bastante enfermos. También necesitaban la sangre.

El cuatro de noviembre por la noche, Mamá y Papá despertaron temprano. Se sentaron a la mesa de la cocina para estar un rato con Jonathan y el señor Saginaw antes de salir al banco de sangre.

—Qué bárbaros, qué saludables se ven —dijo Jonathan sin poder evitarlo.

—Muy amable de tu parte —respondió Mamá—. La verdad es que sí me *siento* mejor.

—Yo también —dijo Papá—. Tuvimos un buen festín anoche.

—Adivinen lo que pasó hoy en la escuela —dijo Jonathan—.

Me saqué un diez en el examen de matemáticas, metí un gol jugando futbol, y fui la primera persona que eligió Sharrod para estar en su equipo en el concurso de ortografía.

—Qué bien —dijo Papá.

—Maravilloso —dijo Mamá.

—Ah, y esto lo mandan la señorita Lecky y los chavos de mi salón. —Jonathan sacó una tarjeta de agradecimiento de su bolsillo. Estaba arrugada porque se había sentado en ella todo el día, pero a Mamá y Papá no les importó—. ¿Ven? Todos la firmaron —dijo Jonathan.

—Mm-hmmm —dijo Papá—, qué bonita.

Mamá se veía pensativa. —¿Ahora estás contento, Jonathan? —dijo—.

¿Estás contento ahora que vas a la escuela y que estás despierto durante el día y duermes por la noche?

—Claro. Muy contento —respondió Jonathan, tratando de entender por qué lo preguntaba Mamá.

Mamá asintió. —Qué bueno —dijo, pero volteó a ver a Papá.

Jonathan tenía la sensación de que le querían decir algo.

Papá se puso de pie. Cruzó los brazos y comenzó a caminar en círculos por la cocina. Finalmente dijo: —Nos asustamos mucho cuando se secó el banco de sangre. No fue buena señal.

—¿Señal de qué? —preguntó Jonathan.

—De cuánto tiempo podremos permanecer aquí —respondió Mamá en voz baja—. Tendremos que irnos pronto.

—¿Porque la gente va a sospechar? —dijo Jonathan.

—Sí —respondió Mamá—, y porque tu padre y yo necesitamos otra fuente de alimento.

Jonathan asintió y recordó lo que había sucedido con Tobi en el sótano. —¿Qué tan pronto es pronto? —quiso saber.

—De inmediato —respondió Papá.

—¿*De inmediato*? —exclamó Jonathan—. ¿Eso quiere decir esta noche?

—Mañana por la noche —dijo Mamá—. Después de que empaquemos.

—Un momento —dijo Jonathan—. ¡No! Yo no me voy. Tengo amigos aquí. Voy a la escuela aquí. Mi vida ya no es sólo una casa y libros. Es chavos y jugar afuera y aprender deportes y comer en una cafetería y alzar la mano y fiestas de Noche de Brujas. Y... y es Tobi y Sharrod y Rusty y Eric y la señorita Lecky. No pueden hacerme dejar todo eso sólo por el estúpido banco de sangre. Ése es problema de ustedes, no mío. —Jonathan le dio la espalda a sus padres y al señor Saginaw. Salió a grandes pasos de la cocina. Subió golpeando los pies hasta su cuarto. Azotó la puerta. Nunca antes había cerrado la puerta así.

Unos minutos después, alguien tocó.

—¿Quién es? —gritó Jonathan de mal humor.

—Soy yo, Papá.

—Pasa.

Papá entró a la recámara de Jonathan y se sentó en la cama.

—Pensé que se habían ido al banco de sangre —dijo Jonathan. Miró sus manos. No podía mirar a Papá.

—Tu mamá y yo saldremos pronto. Este asunto es más urgente. Jonathan, tu madre y yo no nos habíamos dado cuenta de que es importante para ti estar aquí. Pensábamos que estarías contento en cualquier escuela.

Jonathan encogió los hombros.

—Lo que te quiero decir —dijo Papá—, es que hemos decidido quedarnos aquí. Por ti. Por lo menos hasta que termine el año escolar.

Jonathan alzó la cabeza rápidamente. ¿De veras? ¡Ay, gracias, Papá! ¡Gracias, gracias, gracias!... ¿Lo dices en serio?

—Palabra de Drácula.

Jonathan sonrió. ¡Podía quedarse!

Papá se fue del cuarto. Y mientras se iba, Jonathan recordó de pronto la mano de su madre deslizándose fuera de su ataúd. Tuvo que sacudir la cabeza para librarse del recuerdo.

En la escuela, la semana siguiente, Jonathan aprendió a usar una computadora. Se acordó de alzar la mano cada vez que tenía algo que decir. Le dijo a Tobi que sus padres habían decidido regalar su collie a una pareja mayor, a gente que llevaba una vida tranquila y con quien la perra no se sentiría tan tímida.

Y durante los siguientes días, Mamá y Papá parecían saludables. Luego, el miércoles, empezaron a estar más pálidos y más débiles.

—El banco de sangre se está secando rápidamente —dijo Papá.

—Había tanta sangre hace unos días —añadió Mamá.

—Tal vez la necesitaba un hospital —sugirió el señor Saginaw.

Jonathan abrió la boca. Casi dijo: —Tal vez sí tengamos que mudarnos— pero cerró la boca.

Dos noches después, Mamá y Papá salieron tambaleándose del sótano.

—Tendremos suerte si encontramos una musaraña hoy —dijo Papá.

—¿Qué es una musaraña? —preguntó Jonathan.

—Un animalito del tamaño de un ratón —contestó Mamá brevemente. Ella y Papá salieron de la cocina sin decir una palabra más. Jonathan corrió a la ventana. Los vio transformarse en murciélagos y volar hacia la noche.

—¿Están enojados? —le preguntó al señor Saginaw.

—No. Tienen hambre.

La noche siguiente, Mamá y Papá ni siquiera hablaron cuando entraron a la cocina. No podían. Mamá se apoyaba pesadamente en el brazo de Papá, mientras él le ayudaba a salir por la puerta trasera. Jonathan corrió a su cuarto para ver dónde estaba su ajo. Luego se puso la cruz en el cuello. Decidió usarla todo el tiempo a partir de entonces. Se sentó en su cama y se puso a pensar. Mamá y Papá no habían dicho una palabra más sobre la mudanza, desde que Jonathan se negó a mudarse. Pero ahora se veían terriblemente enfermos, casi tanto como en la Noche de Brujas. Jonathan suspiró.

¿Qué caso tenía quedarse si sus padres estarían enfermos todo el tiempo? De todos modos, sabía que no había sido justo con ellos. Ellos habían hecho todos los esfuerzos para ayudarlo a integrarse. Y Jonathan podría hacerse de amigos en cualquier parte. Podría ir a la escuela en cualquier parte. Pero, quién sabe que les pasaría a Mamá y Papá si se quedaban en la vieja casa de Drumthwacket.

Jonathan sabía lo que tenía que hacer.

La siguiente noche esperó a que sus padres entraran a la cocina.
—¿Podrían sentarse?

—Debemos conseguir comida —respondió débilmente Papá. Pero parecía tener dificultades para caminar, así que se hundió en una silla.

Mamá se hundió en otra silla junto a él.

—No sé cómo decirlo —empezó Jonathan—, pero mejor lo diré rápido. Creo... creo que sí deberíamos mudarnos. No puedo soportar verlos así. Están ustedes tan delgados y pálidos. Ya casi ni hablan.

Jonathan tomó su cuchara. La golpeó contra el cuchillo. No supo que más decir.

—¿Tú *quieres* mudarte? —preguntó Mamá con una voz apagada.

—No —respondió Jonathan—, pero creo que debemos hacerlo.

Mamá y Papá le sonrieron a Jonathan.

—Ésa es una buena noticia, hijo —dijo Papá.

Y Mamá añadió: —Te queremos mucho. ❖

Epílogo

❖ LA VIEJA carcacha corría a través de la noche. Jonathan miraba la oscuridad.

—"Duérmete, Jonathan" —dijo el señor Saginaw.

Pero Jonathan no podía. Nadie más dormía. Además, estaba demasiado ocupado pensando. Pensó en lo aliviado que se sentía porque Mamá y Papá habían encontrado suficiente alimento la noche anterior. Se veían mucho más saludables. Recordó cuando se despidió de la señorita Lecky y Tobi y sus otros amigos ese día. Su salón le había hecho una fiesta en la escuela. Jonathan fue la estrella de la tarde, con ropa nueva que Tobi aseguró era muy moderna. Pensó en asistir a una nueva escuela cuando él y Mamá y Papá y el señor Saginaw llegaran a su granja en Nueva Jersey. Estaba asustado. No quería volver a empezar, pero no tenía otra opción. Tal vez tardaría un rato, pero sólo tendría que buscar otra Tobi, otro Sharrod, otra señorita Lecky. Podría hacerlo... ¿o no?

No estaba seguro. No estaba seguro de nada de eso. ¿Y qué pasaría si *no* encontraba una amiga tan buena como Tobi o una maestra tan linda como la señorita Lecky?

Jonathan suspiró y tocó el bolsillo de su pantalón. Sintió el fajo de papeles doblados que tenía allí. En los papeles estaban las direcciones de todos los muchachos del salón de la señorita Lecky.

Jonathan tenía planeado escribirle a alguno de ellos cada día. Esperaba recibir mucha correspondencia en su casa nueva. La correspondencia sería algo bueno, si acaso tardaba un poco en conseguir nuevos amigos.

En el asiento de adelante, la señora Primavo comenzó a gritar.

—¡Vlad! ¡Cuidado! ¡Cuidado, Vlad! ¡Cuidado, cuidado, cuidado!

El señor Primavo hundió el freno.

¡IIIIIIICH! El coche derrapó hasta detenerse.

El señor Primavo volteó a ver a su mujer —¿Qué fue? ¿Qué viste?

—Creo que era una musaraña muerta.

—Entonces ustedes esperen aquí —dijo Jonathan—. Yo iré por ella. Les vendría bien un bocadillo de medianoche.

Cuando eres hijo de vampiros, pensó Jonathan mientras salía del coche, te tienes que acostumbrar a estas cosas. ❖

ÍNDICE

Ma y Pa Drácula de Ann Martin, núm. 15 de la colección
A la orilla del viento, se terminó de imprimir en los talleres
de Impresora y Encuadernadora Progreso, S.A. de C.V. (IEPSA),
Calzada San Lorenzo núm. 244; 09830, México, D. F.
durante el mes de septiembre del 2003.
Tiraje: 15 000 ejemplares.